hanser**blau**

Atsuhiro Yoshida

GUTE NACHT, TOKIO

Roman

Aus dem Japanischen von Katja Busson

hanserblau

Die japanische Originalausgabe erschien 2019 unter dem Titel *Oyasumi Tokyo* bei Kadokawa Haruki Corporation in Tokio.

Die Arbeit der Übersetzerin am vorliegenden Text wurde vom Deutschen Übersetzerfonds gefördert im Rahmen des Programms »NEUSTART KULTUR« aus Mitteln der Beauftragten der Bundesregierung für Kultur und Medien.

NEU START KULTUR

Die Beauftragte der Bundesregierung für Kultur und Medien

1. Neuauflage 2023
Die deutsche Übersetzung ist erstmals 2022 im Cass Verlag erschienen.

ISBN 978-3-446-27845-5

Illustrationen: Atsuhiro Yoshida
Umschlag: FAVORITBUERO, München,
nach einem Entwurf von Victor Balko, Frankfurt a.M.
Motiv: © Atsuhiro Yoshida, Tokio
Satz: Victor Balko, Frankfurt a.M.
Druck und Bindung: Friedrich Pustet, Regensburg
Printed in Germany

FSC
www.fsc.org
MIX
Papier | Fördert gute Waldnutzung
FSC® C014889

✦ # Der Biwa-Dieb

Die Uhr schlug eins.

Mitsuki trug sie im Arm, eine Wanduhr, und da sie schlug, bevor die anderen Uhren in der Lagerhalle schlugen, ging sie wohl vor. Wie um die Wette zeigten kurz darauf mit dumpfen, mit trockenen, mit hellen Schlägen auch die anderen Uhren ein Uhr an.

Die Halle – der Fundus – war so groß, dass gut und gerne zwei Leichtflugzeuge hineingepasst hätten. Überall standen Regale mit Kisten und Kästen und Schubladen, und an den Wänden hingen dicht an dicht nicht nur Uhren, sondern alles und jedes, was als Wandschmuck dienen konnte: Bilder, Kalender, selbst Teppiche.

Die Regale und Kisten und Schubläden enthielten allen kleinen und großen Kram, den man brauchte, um die letzten dreihundert Jahre des Lebens, der Sitten und Gebräuche des Landes wieder aufleben zu lassen.

Hier fand sich fast alles.

Wollte der Regisseur zum Beispiel einen »Koffer der 20-er Jahre« haben, wurde geschwind einer aus dem Fundus gesucht und zum Dreh gebracht.

In der Produktionsfirma am Rande von Tokio, der der Fundus gehörte, war seit nunmehr fünf Jahren Mitsuki für diese

Aufgabe, die man »Beschaffen« nannte, zuständig. Sie war »Beschafferin«, das heißt Requisiteurin.

Für den Dreh um neun Uhr hatte sie eine ganze Reihe von Gegenständen zusammensuchen müssen. Das meiste hatte sich im Fundus gefunden, gefehlt hatte nur noch die Wanduhr, eine »klassische, gediegene«, wie der Regisseur eigens vermerkt hatte, aber die hatte sie zum Glück nun ebenfalls entdeckt. Das gute Stück fest an die Brust gedrückt, war sie auf dem Weg in die Garderobe, wo der Regieassistent auf sie wartete. Mit »Garderobe« war hier allerdings nicht die Künstlergarderobe gemeint, sondern die Kammer, in der die Requisiten bereitgestellt wurden.

Eigentlich hatte Mitsuki Szenenbildnerin werden wollen. Sie hatte davon geträumt, große, lebensechte Sets zu entwerfen, wenn möglich ganze Stadtviertel zu erschaffen, doch sobald sie bei ihren ersten Dreharbeiten einen Fuß ins Requisitenlager gesetzt hatte, war es um sie geschehen gewesen.

Der Fundus war eine Schatztruhe. Und Schatztruhen hatten sie schon als Kind fasziniert.

Verbandskästen zum Beispiel. Wenn man sie aufmachte, kamen die verschiedensten, mit bunten Stempeln und winzigen Schriftzeichen versehenen Beutelchen und Fläschchen zum Vorschein. Verbandsrollen, Desinfektionsmittel, Augentropfen, Pflaster, Apothekeroblaten – lauter Dinge, die ihre Kinderaugen zum Leuchten gebracht hatten.

Mit dem Fundus war es dasselbe, nur größer. Dort wurde in Form von Gegenständen Vergangenheit aufbewahrt. Dreihundert Jahre Vergangenheit. Für Mitsuki war der Fundus

eine »Zeittruhe«, und jedes Mal, wenn sie ihn betrat, fühlte sie sich wie eine Abenteurerin, die auf Expedition geht. Hinzu kam der Reiz, genau das zu finden, was dem Regisseur vorschwebte. Es war wie ein Spiel.
Problematisch war nur eines: die Zeit. Mit der stand Mitsuki auf dem Kriegsfuß. Genauer gesagt: Sie stand mit eben dem auf dem Kriegsfuß, was sie im Arm hielt: mit der Uhr.
Die Uhr, freundlicher ließ es sich nicht ausdrücken, war ihr Feind. Mitsuki wusste auch, warum. Ihre gemütliche innere Uhr ließ sich einfach nicht mit der, wie sie es empfand, hektisch tickenden Uhr der Welt um sie herum in Einklang bringen. Die strengen Zeitvorgaben des Regisseurs brachten sie deshalb regelmäßig an den Rand des Wahnsinns.
Gong, schlug es irgendwo noch einmal eins.
Das war wahrscheinlich die letzte im Fundus. Die, die am meisten nachging.
So wie ich.
Mitsuki erneuerte den Griff um die Wanduhr an ihrer Brust und seufzte.

✦

Nachdem sie die Uhr dem Regieassistenten Mizushima übergeben hatte, verabschiedete sich Mitsuki mit einem »Dann bis morgen!« und wandte sich zum Gehen.
Doch Mizushima hielt sie zurück: »Warte, etwas fehlt noch.«
»Aber das war die ganze Liste. Mehr stand nicht drauf.«
»Ich weiß, trotzdem. Eins brauchen wir noch. Auch bis mor-

gen früh. Und zwar eine Biwa, eine frische. Nur eine, mehr nicht …«

»Eine Biwa?«

»Ja. Du weißt schon, die Frucht, nicht das Instrument.«

»Ich weiß …«, erwiderte Mitsuki, auch wenn sie noch nie eine gekauft hatte. Jedenfalls nicht fürs Set, und privat, wenn die Erinnerung sie nicht trog, auch nicht, weder beim Obsthändler noch im Supermarkt. Gegessen hatte sie schon mal eine. Aber wann und wo und wie sie geschmeckt hatte, daran erinnerte sie sich nicht mehr.

Das war das Schöne an ihrer Arbeit. Sie zeigte ihr ständig auf, womit sie es in ihrem Leben noch nie zu tun gehabt hatte: mit einem Schnellkochtopf zum Beispiel. Oder einem Seidenhut. Einem Einrad. Bis sie diese Dinge fürs Set hatte beschaffen müssen, hatte sie nichts darüber gewusst. Nichts! Sie war siebenundzwanzig, und was wusste sie? *Nichts!*

Für Biwas galt dasselbe. Sie wusste nicht einmal, ob die jetzt, wo es auf den Sommer zuging, überhaupt Saison hatten.

»Ich habe ein wenig recherchiert«, sagte Mizushima, als hätte er ihre Gedanken gelesen. »Nur im Netz, aber da stand, dass man mit ein bisschen Glück um diese Jahreszeit noch welche ergattern könnte.«

»Ach ja?« Sofort hellte sich Mitsukis Miene wieder auf.

»Aber vielleicht nicht in Tokio …« Mizushima verzog das Gesicht zu einem schiefen Grinsen. Das bedeutete, dass die Suche nicht reibungslos vonstatten gehen würde. *Ganz im Gegenteil!*

»Noch dazu um diese Zeit ...« sagte Mitsuki und ließ den Kopf hängen.
»Stimmt. Wahrscheinlich bleibt dir nichts anderes übrig, als die paar Supermärkte abzuklappern, die rund um die Uhr geöffnet haben, viele sind es ja nicht mehr. Die Obsthändler dürften alle schon zu sein.«
Mitsuki nickte. Als die Wirtschaft noch blühte, hatte es an jeder Ecke einen Supermarkt gegeben, der bis zum Morgengrauen geöffnet hatte, aber mittlerweile gab es praktisch keine mehr, Mizushima hatte recht.
»Tja«, sagte der Regieassistent wie zu sich selbst, »Tokio bei Nacht ist auch nicht mehr das, was es mal war.«

✦

Matsui saß im halbdunklen Pausenraum der Zentrale, trank eine Dose Kaffee und bereitete sich auf seinen Dienst vor.
Das Taxi-Unternehmen, für das er arbeitete, hieß *Blackbird* und war auf Nachtfahrten spezialisiert. Die Wagen waren dunkelblau, fast schwarz, und auch die Uniformen der Fahrer waren dunkel gehalten. Das Unternehmen war klein und unterhielt nur wenige Wagen, die im Wesentlichen auf Bestellung fuhren, aber in letzter Zeit war die Zahl der Fahrgäste, die diesen Service in Anspruch nahmen, so gesunken, dass Matsui zunehmend auf »Laufkundschaft« angewiesen war. Er verstaute die Übersicht mit den RESERVIERUNGEN, blank wie sie war, in seiner Brusttasche und nieste.

Da hat wohl jemand an mich gedacht. Das kann nur – ach, egal. Wenn jemand zu dieser nachtschlafenden Zeit an ihn dachte, dann konnte das nur ein Fahrgast sein. Er hatte ja niemanden. Bevor er sich versah, war er fünfzig geworden, ohne je an Heirat und Familie gedacht zu haben. Und da er aus Tokio stammte, konnte er an Allerheiligen nicht einmal zu Verwandten aufs Land fahren. Seine Eltern waren früh gestorben, und Geschwister hatte er nicht.

Er war uninteressant, hatte nichts zu bieten. Das fand er selbst. Wenn Kollegen ihn fragten, warum er Taxifahrer geworden sei, sagte er immer nur: »Hat sich so ergeben.«

Da stimmte allerdings nicht ganz.

Als Kind war er nämlich in der Bibliothek auf das Kinderbuch *Die Farbe des Autos gleicht der Farbe des Himmels* gestoßen. Der Held dieses Buches war ein Taxifahrer, und der hatte genauso geheißen wie er: Matsui. Der Matsui im Buch beförderte die skurrilsten Gäste. Mal einen Bären, mal einen Fuchs. *Taxifahren ist ja ein lustiger Beruf,* hatte Matsui damals gedacht und das Buch geradezu verschlungen.

Danach hatte er sich noch einmal den Umschlag angesehen. Er zeigte ein hellblaues – ein himmelblaues Auto, darin der Fahrer Matsui.

Das ist es, hatte er gedacht. *Ich werde Matsui, der Taxifahrer.*

Und genau das wurde er. Seit dreißig Jahren fuhr er mal für die eine, mal für die andere Firma. Und jedes Mal wechselte die Farbe der Droschken. Eine in der Farbe des Himmels hatte er allerdings noch nie gehabt.

Matsui verließ den Pausenraum und ging schnurstracks zu

seinem Wagen im Depot. Sein Wagen war nicht hell-, sondern tief dunkelblau, praktisch schwarz. Da das Depot seinem Namen zum Trotz kein Dach hatte, musste man nur den Blick heben, um den Himmel zu sehen, wo der Mond sich heute in Form einer bananengelben Sichel die Ehre gab. Wenn man sich anstrengte, sah man auch Sterne. Es waren die üblichen, trüben Sterne von Tokio.

»Nanu.«

Erst jetzt fiel Matsui auf, dass die Farbe seines Wagens der Farbe des Nachthimmels glich.

»Sollte mein Taxi etwa nachthimmelblau sein?« murmelte er, als plötzlich sein Handy klingelte. Flugs zog er es aus der Tasche und warf einen Blick aufs Display.

Der Name, der unter der unpersönlichen elfstelligen Nummer stand, lautete: Mitsuki Sawatari.

✦

Oh je. Muss ich am Ende doch wieder Matsui-san um Hilfe bitten? Mitsuki seufzte. *Kann ich mir nicht wenigstens einmal selber helfen?*

Hastig nahm sie das Handy wieder vom Ohr und presste »Auflegen«. Dabei fiel ihr der funkelnde Ring an ihrer Hand ins Auge.

»Oh je«, seufzte sie, diesmal laut.

Den Ring hatte Koichi ihr geschenkt, vor drei Tagen erst, als sie sich endlich einmal hatte freinehmen können. Zuvor hatte sie ihren Freund vier Wochen lang jedes Mal abgewimmelt, wenn er anrief, um sich mit ihr zu verabreden: ›Es tut mir leid.‹ ›Diese Woche kann ich nicht.‹ ›Wir haben wirklich viel zu tun.‹ ›Entschuldige.‹ ›Wir sehen uns nächste Woche, ja? Versprochen!‹ Sie hatte tatsächlich viel zu tun gehabt, wollte Koichi aber auch aus einem anderen Grund nicht treffen. Er hatte sie nämlich nach ihrer Ringgröße gefragt.

»Ringfinger«, hatte er gesagt, das Wort »Verlobung« war ihm nicht über die Lippen gekommen.

Typisch Koichi! Und genau das gefiel Mitsuki nicht.

Koichi war drei Jahre jünger als sie, und obwohl sie gerne behaupten würde, dass er sie das *überhaupt nicht* spüren lasse, war genau das Gegenteil der Fall. Er hing ihr am Rockzipfel wie ein kleiner Bruder. Er brauche ihren Rückhalt, hatte er einmal sogar expressis verbis gesagt.

›Das ist doch süß‹, hatte ihre Freundin Aiko gemeint, aber Mitsuki, die schon früh ihren Vater verloren hatte, hätte lieber einen Mann gehabt, bei dem *sie* sich anlehnen konnte.

›Dann trenn dich doch!‹, hatte Aiko gesagt, was vielleicht wirklich das Beste wäre, aber Mitsuki rührte Koichis Hingabe. Eine Hingabe, die allerdings nicht ihr galt.

»Die Krähen, weißt du ...«

Koichi war zehn Minuten zu spät gewesen. Sie hatten sich in einem Restaurant im obersten Stockwerk eines Hotels in Shinjuku verabredet. So einen Luxus hatten sie sich noch nie geleistet. Unter ihnen erstreckte sich das Lichtermeer der Stadt. Es war fast, als speisten sie im Himmel.

»Die Krähen haben ein Regal gebaut.«

Wie immer, wenn Koichi unvermittelt eine seiner abstrusen

Bemerkungen machte, schlüpfte Mitsuki in die Rolle der älteren Schwester, die ihm durch freundliches Nachfragen auf die Sprünge half.

»Ein Regal?«

»Nein, ich meine, die alten Krähen haben Bücher zusammengetragen ...«

»Bücher zusammengetragen? Wozu?«

»Na, für ihr Regal. Ich habe sie beobachtet. Ich dachte, was machen die wohl damit, mit dem Regal, das sie oben in die Eiche gebaut haben, aus Holz und was weiß ich für Zeug, und siehe da, sie holen sich Bücher und Zeitschriften vom Müll und stellen sie da rein. Echt clever, diese Viecher.«

Koichi war externer Mitarbeiter im sogenannten »Antikrähenprojekt«, das das Städtische Umweltamt ins Leben gerufen hatte. Besser gesagt: *selbstberufener* externer Mitarbeiter. Eigentlich trug er Zeitungen aus. Irgendwann waren ihm bei seinen frühmorgendlichen Rundgängen die Krähen im Viertel aufgefallen, so dass er anfing, sie zu beobachten. Eine umweltamtliche Bezeichnung hatte er immer noch nicht, aber seine langjährigen Studien und seine Expertise waren mittlerweile so gefragt, dass sich vermehrt selbst Wissenschaftler an ihn wandten.

In unmittelbarer Nähe seiner Wohnung gab es einen bewaldeten Park. Dieser Wald diente Krähen als Schlafstelle. Der Park lag direkt an der Bahnlinie, und eines Tages war Koichi von der Redaktion des kostenlosen Stadtblättchens, das an der Bahnstation auslag, kontaktiert worden. Man wolle eine Reportage über ihn schreiben. Das war die Geburtsstunde von

»Doktor Krähe«. Mit der Reportage betraut wurde damals Mitsuki, wenn auch, da sie als Studentin über nur wenig praktische Erfahrung verfügte, nicht allein. Für das Interview stellte man ihr einen erfahrenen Redakteur zur Seite. Um ihren stümperhaften Artikel fertigzuschreiben, hatte sich Mitsuki damals die ganze Nacht um die Ohren schlagen müssen.

So hatten sie und Koichi sich kennengelernt. Sie waren also schon lange zusammen.

Von Mitsukis Warte aus hatte sich die Beziehung in all den Jahren nicht sehr verändert. Wie damals bei der Reportage musste sie ihm immer noch jedes Wort aus der Nase ziehen, und obwohl er für ihre Verabredung in diesem Luxusrestaurant eigens seinen einzigen Anzug angezogen hatte, dachte er überhaupt nicht mehr daran, dass er ihr eigentlich etwas geben wollte, sondern erzählte nur von dem Regal, das die Krähen in den Baum gebaut hatten.

»Sag mal …« nutzte Mitsuki die Gelegenheit, als das Dessert serviert wurde, das Gespräch in eine andere Richtung zu lenken. »Wolltest du nicht etwas mit mir besprechen?«

Koichi hatte zwar nie je etwas angedeutet, aber nachdem er sie nach ihrer Ringgröße gefragt und in den obersten Stock eines Hotels eingeladen hatte, war sie darauf gefasst gewesen, dass er ihr die Frage aller Fragen stellen würde. *Was sonst?*

»Stimmt! Das hätte ich fast vergessen«, sagte Koichi, zog ein kleines, mit einer weißen Schleife versehenes rotes Etui aus der Innentasche seines Jacketts und hielt es ihr hin.

Das war alles.

»Was ist das?« fragte Mitsuki brüsk, weil es sie ärgerte, dass er keine Anstalten machte, auch nur ein Wort mehr zu sagen. Sie riss an der Schleife und ließ das Etui so unzeremoniell aufschnappen, als hätte sie es mit einer Dose Bonbons zu tun. »Was ist das?« wiederholte sie ihre Frage, nahm den Ring und steckte ihn sich an den Finger, von dem sie ihn gleich wieder abziehen wollte, als hätte sie ihn sich bloß zum Spaß übergestreift.

Aber der Ring steckte fest.

Das kann doch nicht sein, dachte sie und zog, so unauffällig es ging, etwas kräftiger. Vergebens. Der Ring bewegte sich keinen Millimeter.

Eigentlich hatte sie ihn sofort wieder abziehen und, wenn Koichi sich nicht anständig erklären sollte, ablehnen wollen. Aber wenn sie ihn nicht vom Finger bekam?

Sie konnte ziehen, wie sie wollte, er ging einfach nicht ab. Der Ring umschloss ihren Finger, als wäre er lebendig.

✦

Mitsuki stand missmutig vor den Neonlichtern eines Supermarktes, als Matsui vorfuhr, das Taxischild auf RESERVIERT gestellt.

»Mann!« stieg sie fluchend ein.

»Was ist los?« fragte Matsui und sah sie durch den Rückspiegel an.

»Das war jetzt der sechste Supermarkt, in dem ich war. Aber hier konnte ich wenigstens mit dem Einkäufer der Obstabteilung sprechen, zum Glück! Der sagte allerdings, dass ich ›leider, leider‹ sicher nirgendwo in Tokio fündig würde.«

»Sie haben mit dem Einkäufer der *Obst*abteilung gesprochen?« fragte Matsui verwirrt, auch wenn es nicht das erste Mal war, dass Mitsuki ihn mitten in der Nacht anrief und bis zum Morgengrauen buchte. *Ganz im Gegenteil.* Sie war, wenn man so wollte, eine seiner wenigen Stammkunden.

»Ich wollte es wenigstens *einmal* ohne Ihre Hilfe schaffen, aber das geht scheinbar nicht. Tut mir leid.«

»Was ist es denn heute?«

»Eine Biwa! Aber nicht das Instrument, sondern das Obst. Erinnern Sie sich noch an den grünen Apfel, den ich mal beschaffen musste? Da sind wir auch die ganze Nacht durch Tokio gekurvt, weil die gerade keine Saison hatten.«

»Oh – ja. Daran erinnere ich mich gut«, stöhnte Matsui, insgeheim erfreut.

»Tja ... aber wohin? Wenn ich ›leider, leider‹ sicher nirgendwo in Tokio fündig werde ...«

Matsui startete den Wagen. »Was schlagen Sie vor?« fragte er mit einem Blick in den Rückspiegel.

Mitsuki nestelte stirnrunzelnd an ihrem Ring. »Warum geht der nicht ab?« murmelte sie vor sich hin.

Matsui sah wieder nach vorne.

»Wollen wir es außerhalb versuchen?« fragte er. Das hieße, in den Norden beziehungsweise den Westen zu fahren, überlegte er, sich die Karte von Tokio ins Gedächtnis rufend, und bog auf die Hauptstraße. Es herrschte wenig Verkehr. Ein Motorrad drehte auf und brauste fröhlich an ihnen vorbei.

»Moment, warten Sie ...« sagte Mitsuki, ließ ihren Ring los, überflog die Nachricht, die eben auf ihrem Handy eingegangen war und nickte. »Interessant ...«

»Alles in Ordnung?«

»Die Kreuzung in Sakuradani ...« sagte Mitsuki, den Blick aufs Handy geheftet. »Ist das weit von hier?«

»Eine Viertelstunde, würde ich schätzen.«

»Fünfzig Meter weiter Richtung Fukagawacho, links an der Straße, steht eine Reihe von Biwabäumen und die hätten, gestern jedenfalls, noch Früchte getragen.«

»Das nenne ich eine detaillierte Auskunft!« sagte Matsui verblüfft.

Mitsukis Verblüffung war allerdings noch größer. Sie hatte Koichi eher pro forma geschrieben – ›Ich brauche eine Biwa. Das Obst. Hast du eine Ahnung, wo es welche gibt?‹ Nie im Leben hätte sie mit so einer Antwort gerechnet.

›Warst du noch wach?‹ schrieb sie rasch zurück. ›Woher weißt du, dass da Biwabäume stehen?‹

›Weil die Krähen nur darauf warten, dass die Früchte endlich reif werden.‹

Ach so, dachte Mitsuki, *das macht Sinn.*

Etwas anderes als Krähen interessierte Koichi nicht. Auf die Frage, womit er in seinem Leben schon zu tun gehabt hätte, würde er sagen »mit Krähen«. Sonst nichts. Schnellkochtöpfe, Seidenhüte oder Einräder existierten in seinem Leben nicht. Gegessen hatte er eine Biwa vermutlich auch noch nie. Aber gut. Selbst dieser eine Weg führte irgendwo hin. In diesem Fall zu den Biwabäumen.

»Wer hätte das gedacht«, murmelte Mitsuki, als sich das Taxi der Kreuzung in Sakuradani näherte.
»Wir sind gleich da«, sagte Matsui.
Mitsuki schrak auf, presste ihr Gesicht an die Scheibe und musterte die Bäume am Straßenrand.
Wie sahen Biwabäume überhaupt aus? Sie wusste es nicht. Außerdem war es stockfinster. Hoffentlich hatte sie Glück und einer stand im Licht einer Straßenlaterne. An den gelben Früchten würde sie ihn schon erkennen. *Wobei. Wahrscheinlich stieg sie besser aus …*
»Gut. Ich warte hier«, sagte Matsui, fuhr an den Straßenrand und hielt. Mitsuki stieg aus, sah die Allee hinunter und setzte sich in Bewegung.
Von Biwabäumen keine Spur.
Gerade als sie sich fragte, ob Biwas wirklich gelb waren oder ob sie sich nicht täuschte oder ob sie womöglich eine andere Farbe hatten, solange sie noch am Baum hingen, blitzte in ihrem Augenwinkel etwas Gelbes auf. »Da!« stieß sie hervor, bevor das Gelb so schnell wieder verschwunden war, als hätte sich ein schwarzer Vorhang darüber gesenkt.
War das eine Krähe? fragte sie sich. *Muss wohl. Was sonst?! Eine Riesenkrähe, die sich eine Biwa nach der anderen krallt.*
Moment.
So große Krähen gibt's doch gar nicht, dachte sie, als ein Laster vorüberfuhr, dessen grelle Scheinwerfer das Geheimnis lüfteten.
Der vermeintliche Vorhang war ein Mensch.

Ein Mann, *nein,* eine Frau mit schwarzem Haar in einer schwarzen Jacke.

»Entschuldigung«, sprach Mitsuki sie kurzentschlossen an. Ein Schauer lief ihr über den Rücken, doch im nächsten Moment hatten sich ihre Augen an das Dunkel gewöhnt und die großgewachsene Frau weiter oben im Baum wieder entdeckt.

»Was machen Sie da?«

Diese Frage wurde der Frau anscheinend nicht zum ersten Mal gestellt.

»Biwas klauen«, antwortete sie wie aus der Pistole geschossen.

✦

»Kommen Sie mit? Ich wohne gleich da drüben.«

Ganz wohl war Mitsuki bei der Sache nicht, aber die Früchte, die die Frau, die sich als Biwa-Dieb vorgestellt hatte, unter ihrer schwarzen Jacke versteckte, waren so prall und schön, dass sie nicht ablehnen konnte. *Matsui-san ist ja bei mir,* tröstete sie sich.

»Bitte schön«, stellte die Frau ohne Umschweife ein Glas auf den Küchentisch und schenkte Mitsuki von dem Biwaschnaps ein, von dem sie auf dem Weg zum Apartment erzählt hatte.

»Den habe ich letztes Jahr angesetzt«, sagte sie mit samtiger Stimme. Das würde sie jedes Jahr so machen. Im Dunkel der Nacht auf die Bäume klettern, Biwas ernten und zu Schnaps verarbeiten. »Mein Bruder hat das immer gemacht. Deswegen.«

Von dem Foto am Rand des Küchenbords strahlte Mitsuki ein junger Mann an, der seiner Schwester so ähnlich sah, dass man ihn für eine jüngere Ausgabe von ihr hätte halten können.

»Aber die hier«, fuhr sie fort und lächelte. »Die werden, wenn ich es richtig verstehe, demnächst im Kino zu sehen sein.«

Mitsuki hatte sie nicht um eine, sondern gleich um eine Handvoll gebeten. »Aber natürlich«, hatte die Frau freundlich erwidert. Sie fand die Tatsache, dass Mitsuki Requisiteurin war und das Obst für ein Filmset bestimmt war, richtig aufregend.

»Nehmen Sie so viele Sie wollen. Nächstes Jahr gibt's vielleicht weniger Schnaps, aber dafür einen Film, auf den ich mich freuen kann.«

Abgesehen von diesem alljährlichen Vergehen war die »Biwa-Diebin« eine anständige Frau. Sie trug eine weiße Bluse, und ihr scharfgeschnittenes Gesicht war dezent geschminkt. Normalerweise säße sie um diese Zeit an ihrem Platz bei der Telefonseelsorge und nähme Anrufe entgegen, sagte sie, aber heute habe sie sich freigenommen, für die »Ernte«.

»Bei uns rufen die verschiedensten Leute an, junge, alte, Frauen, Männer. Anonym natürlich. Wir machen alles. Von einfacher Lebensberatung bis hin zu existentieller Krisenbewältigung.«

Kein Wunder, dachte Mitsuki, bei *der* Stimme. Die hatte auch ihre Zweifel im Nu zerstreut.

»Hier«, sagte die Frau und zückte ihre Karte. »›Telefonseelsorge Tokio Null Drei‹. Sie können mich jederzeit anrufen. Ob

es um Requisiten geht, Beziehungsprobleme oder familiäre Angelegenheiten. Mit mir können Sie über alles reden.«
Mitsuki nippte an ihrem Glas, schloss die Augen und ließ sich das herbsüße Aroma des Biwaschnapses auf der Zunge zergehen.

✦

»Ich befürchte …« sagte sie, während sie sich mit den Biwas auf dem Schoß im Fond des Taxis in die Polster sinken ließ, »ich schlafe gleich ein.«
Die wohlige Schläfrigkeit musste am Schnaps liegen.
»Kein Problem. Schlafen Sie ruhig. Ich fahr Sie nach Hause.«
»Bloß nicht. Wenn ich jetzt ins Bett gehe, stehe ich nicht mehr auf. Fahren Sie einfach.«
»Wie Sie wünschen.«
Matsui warf einen Blick in den Rückspiegel.
Mitsuki hatte die Augen schon zu. Sie strich über den Ring, der an ihrer linken Hand funkelte. Einen Moment später war sie eingeschlafen. Sie sah aus wie ein unschuldiger Engel.
Auch die Stadt sank in einen kurzen Schlaf.
Im Mondschein leuchteten einzig die Biwas in der Stille der Nacht.

✦ Verirrt um vier Uhr morgens

Schlag eins.

Ab jetzt würde bei der Telefonseelsorge Tokio Null Drei das Telefon nicht mehr stillstehen.

Kanako Fuyuki nutzte die kurze Pause, um ihren Schreibtisch aufzuräumen, einmal durchzuatmen und aus dem Fenster zu schauen.

Sie saß im vierten Stockwerk eines fünfstöckigen Gebäudes etwa zwanzig Minuten vom nächsten Bahnhof entfernt an ihrem Arbeitsplatz in der »Annahme«, Helpdesk No. 25.

Von zehn Uhr abends bis sieben Uhr morgens nahm sie hier Anrufe entgegen. Die Annahme arbeitete in drei Schichten: der Früh-, Spät- und Nachtschicht.

»Es gibt da ein kleines Problem«, hatte ihr gut zehn Jahre jüngerer Kollege Shinichi Goto bei der Übergabe gesagt. »Naja, Problem ist vielleicht übertrieben ...« war er leichthin fortgefahren. Diese Leichtigkeit fand Kanako manchmal liebenswert, manchmal aber auch zum Haareraufen.

»Du weißt doch, dass wir eine alte Sprachbox haben.«

»Ja-a«, erwiderte Kanako gedehnt. Bei den sogenannten Sprachboxen handelte es sich um Anrufbeantworter, normale, wenn auch alte Telefonapparate, die automatisch ansprangen, wenn eine Leitung besetzt war. Sie wurden hauptsächlich tagsüber gebraucht. Die Nachtschicht hatte so gut wie nichts mit ihnen zu tun. Falls jemand, was nur selten vorkam, seine Telefonnummer hinterließ, wurde er – je nach Nachricht – zurückgerufen.

Die Mehrzahl der Anrufer blieb anonym. In den meisten Fällen waren es Leute, die einfach mit jemandem reden wollten. Wenn sie in der Sprachbox landeten, hinterließen deshalb die wenigsten eine Nachricht. Die meisten legten sofort wieder auf oder sagten: ›Ich rufe wieder an.‹ Mehr nicht.

»Die soll *ausrangiert* werden«, sagte Goto.

»Ausrangiert?«

Kanako registrierte den Ausdruck genau. *Berufskrankheit,* dachte sie. Als Telefonseelsorger musste man sich aus wenigen Worten ein Bild von der Person am anderen Ende der Strippe machen. Je größer der Wortschatz, desto besser der Seelsorger.

»So ist es«, erwiderte Goto ungerührt. »Soviel ich weiß« – das war sein Lieblingsspruch – »wurde ein neues System installiert. Deshalb wird die Sprachbox nicht mehr gebraucht.«

»Aha. Und wo ist das Problem?« sagte Kanako und sah ihn fragend an.

»Der Entsorger kommt um vier.«

»Um vier? Wieso um vier?«

»Wenn wir ohnehin rund um die Uhr besetzt seien, wäre es ja egal, wann er käme, und dann käme er gerne um vier. Er habe darauf bestanden ...«

»Aha.«

»Nicht *aha.* Du sollst die Box übergeben.«

»Ach so. Das ist doch kein Problem«, sagte Kanako, die das umgekehrt eher spannend fand. – Wahrscheinlich auch eine Berufskrankheit. – Welcher Entsorger kam schon morgens um vier, um ein ausrangiertes Telefon abzuholen? *Der arbeitet vielleicht auch rund um die Uhr. Nach dem Motto: ›Allzeit bereit.‹ Aber so spät in der Nacht?*

»Interessant. Sehr interessant«, sagte Kanako und überflog die Liste mit den »O-Fällen«, die Goto ihr in die Hand gedrückt hatte. Das waren die Gespräche, die die Spätschicht als »offen« eingestuft hatte. Auch sie übergab der Frühschicht eine solche, mit kurzen Kommentaren versehene Liste, wobei die meisten nicht mit »Dringender Beratungsbedarf« gekennzeichnet waren, sondern lediglich mit »Braucht jemanden zum Zuhören«.

Nicht jeder, der bei der Telefonseelsorge anrief, hatte Kummer oder brauchte einen Rat. Die Mehrzahl wollte »einfach mit jemandem reden« oder »dass ihnen mal jemand zuhört«. Das konnte Kanako gut verstehen. Sie fand es nur natürlich, dass man mit jemandem reden wollte, wenn man nachts allein zu Hause saß. Ihr war es schließlich auch so gegangen. Und nicht nur sie hatte »die Seiten gewechselt«. Viele ihrer Kollegen waren ursprünglich »Klienten« gewesen.

»Gut. Um vier also.«

»Du sollst pünktlich kurz vor vier Schluss machen und bist damit dann für heute entlassen.«

»Bitte?« Verdutzt sah Kanako ihn an. Goto sprach deutlich, drückte sich manchmal aber merkwürdig aus.

»Entlassen?«

»Der Entsorger möchte, dass du dabei bist.«

»Dabei? Wobei?«

»Bei der Entsorgung der Sprachbox natürlich. Soviel ich weiß, ist das so üblich.«

»Moment, Moment, ich soll der Entsorgung der Sprachbox *beiwohnen?*«

»Offenbar. Die enthält immerhin jede Menge sensibler Daten.«

»Aber ...« Sie unterdrückte das Bedürfnis, laut zu werden, und beschränkte sich auf eine ausladende Handbewegung. »Da braucht man doch bloß mit 'nem Hammer draufhauen.«

»Mag sein«, erwiderte Goto und sah noch einmal auf die Notiz, die ihm der Chief in die Hand gedrückt hatte. »Aber hier steht: Eine Entsorgung ist eine ernste Angelegenheit, um nicht zu sagen, eine Art Beisetzung. Bitte vergewissern Sie sich, dass das Gerät ordnungsgemäß zertrümmert und verbrannt wird.«

»Das hat Chief Mochida gesagt?«

»Keine Ahnung. Eher der Entsorger, oder?«

Er drückte ihr die Notiz, auf der groß VIER UHR stand, in die Hand und sagte. »Soviel ich weiß, sollst du jedenfalls *mitgehen.*«

»Aha«, sagte Kanako und besah die Notiz, wobei ihr Blick nicht an dem großen VIER UHR hängenblieb, sondern an dem viel kleineren ZERTRÜMMERT UND VERBRANNT.

✦

Hin und wieder hatten die Seelsorger ein sogenanntes *déjà entendu*, ohne dass jemand erklären konnte, wieso und warum.

Heute war so eine Nacht.

Zwischen elf Uhr abends und drei Uhr morgens sprach Kanako mit zwölf Anrufern, von denen drei im selben Wortlaut sagten, dass ihnen noch eines fehle, »das letzte«. Der Kontext war natürlich jeweils ein anderer. Auch die drei Anrufer hatten nicht das Geringste gemein.

›Ich würde gerne die nächste Stufe erklimmen, aber ich brauche einen Anstoß, einen letzten Kick, der fehlt mir.‹

›Ich sammle die Zauberbälle, die man dazubekommt, wenn man Fireman-Candy kauft. Ich habe schon die ganze Serie, außer den letzten, der fehlt mir.‹

›Meine Perlenkette ist gerissen. Ich sage Ihnen! Alle Perlen – auf und davon. Ich habe sie natürlich wieder eingesammelt, achtundzwanzig Stück, das heißt, eigentlich nur siebenundzwanzig, die letzte fehlt nämlich. Dabei habe ich überall gesucht.‹

Allen Anrufern »fehlte« etwas, »der letzte Kick«, »der letzte Ball«, die »letzte Perle«.

Was hatte ihm gefehlt, ihrem Bruder? Was hatte der gesucht?

Erinnerungen wurden wach.

Das Schreinfest, beim Hachimansan.

Kanako trank einen Dosenkaffee und sah auf die trostlosen Bäume neben der Straße hinab. Es war zwei Uhr in der Früh, Pause.

Ich ging in die dritte Klasse. Mein Bruder muss also in der ersten gewesen sein.

Ihre Mutter hatte sie und ihren Bruder zum Schrein geschickt. Es war das erste Mal, dass sie alleine, also ohne Erwachsene, gingen. *Bevor es dunkel wird, seid ihr aber wieder zu Hause,* hatte ihr die Mutter eingeschärft.

Ihrem Bruder war das allerdings herzlich egal. Zu Kanakos Leidwesen hörte er nie auf das, was die Mutter oder der Vater sagten. Ihr Bruder war liebenswert, aber gleichzeitig zum Haareraufen. *Warum fallen einem solche Wörter eigentlich immer erst hinterher ein?*

Abgesehen davon war ihr Bruder der eigensinnigste Junge, den sie kannte. Anstatt das zu tun, was alle anderen Jungen in seinem Alter taten, machte er immer »sein eigenes Ding«, nicht, weil er unbedingt »anders« sein wollte, sondern weil es sich einfach so ergab.

Aus dem Grund verirrte er sich ständig. Kanako wollte gar nicht darüber nachdenken, wie oft man ihren Bruder in Vergnügungsparks oder Kaufhäusern ausgerufen hatte.

›Der kleine Ren Fuyuki sucht seine Eltern …‹

Solche Durchsagen hört man heute nur noch selten.

Da ein gut besuchtes Schreinfest förmlich dazu einlud, sich zu verirren, hatte Kanako ihren Bruder fest an die Hand genommen. Trotzdem war er plötzlich einfach weg gewesen. Als sie es bemerkte, war es schon zu spät.

›Oh nein!‹ stöhnte sie auf und klapperte im Laufschritt die einzelnen Buden ab.

Kanako waren Sorgen schon immer am Gesicht abzulesen ge-

wesen. Auch heute noch, als Erwachsene, verzog sie bei jeder Kleinigkeit das Gesicht, so dass sie ständig gefragt wurde, ob alles in Ordnung sei.
Als sie damals die Buden abklapperte, hatte sie allerdings richtige Sorgenfalten auf der Stirn gehabt.
Gerüche und Farben zogen an ihr vorbei. Gebratene Nudeln, orangefarbene Aprikosenbonbons, prickelnde smaragdgrüne Melonenlimonade, gegrillte Maiskolben, die silberne Maske eines Superhelden, der muffige Samtvorhang einer Schießbude.
Von ihrem Bruder keine Spur.
›Ren! Wo bist du?‹ rief sie. In dem Moment tauchte vor ihren Augen plötzlich eine Reihe schulglobusgroßer, durchsichtiger Glaskugeln auf. Kanako glaubte ihren Augen nicht zu trauen. Wer hätte gedacht, dass es so etwas gab!
Die Kugeln schienen regelrecht zu schweben.
Es waren zehn, scheinbar unverbunden, und obendrein gefüllt. In einer steckte ein Modellauto, in einer anderen eine Mundharmonika, in einer dritten eine Tafel Schokolade. Es gab einen kleinen Blumenstrauß, sogar eine Uhr.
An dieser Bude schien die Schwerkraft nicht zu existieren. Spielzeuge und Süßigkeiten standen in der Luft und davor, wie gebannt, ihr Bruder.
›Ren!‹ schrie Kanako. Die Lautstärke ihrer Stimme überraschte sie selbst, aber wenn sie nicht schrie, würde ihr Bruder wer weiß wohin verschwinden, befürchtete sie. Ins All womöglich, eingeschlossen in eine der Glaskugeln, in eine »Zwischenwelt«. So etwas gab es, hatte sie gelesen.

›Ren!‹ rief sie und lief los.
In dem Moment geschah es.
Der schwarz bemützte Mann am Stand formte mit den Händen einen Trichter um seinen Mund und blies zwischen den geschürzten Lippen eine Glaskugel heraus.
Verdutzt blieb Kanako neben ihrem Bruder stehen. Fasziniert sahen die beiden zu, wie die Kugel immer größer wurde.

✦

»Die konnte man früher auf'm Schreinfest kaufen. Kennst du die?« hatte Kanako mal die Mama-san ihrer Stammkneipe gefragt. Sie, vielmehr *er*, denn hinter der attraktiven Frau verbarg sich ein Mann, war schätzungsweise genauso alt wie Kanako – aus seinem Alter machte er ein großes Geheimnis – und in ähnlichen Verhältnissen aufgewachsen.
»Na klar ...« erwiderte die Mama-san, die immer die richtige Antwort auf Kanakos Fragen fand. »Die gab's beim Süßwarenhändler. Wir haben sie Luftkugeln genannt. Aus Latex waren die, glaube ich, so haben sie jedenfalls gerochen, zumindest nicht aus Glas. Die hat man mit einem Strohhalm aufgeblasen.«
Immer, wenn Kanako an ihrer Erinnerung zweifelte und sich fragte, ob sie etwas vielleicht nur geträumt hatte, fragte sie die Mama-san ihrer Stammkneipe. Sie war die einzige, der sie mitten in der Nacht ihr Herz ausschütten konnte, ihre einzige Vertraute in Tokio.
›Wow!‹ hatte ihr kleiner Bruder damals mit einer für einen

Schulanfänger ungewöhnlichen Tiefe in der Stimme zu der durchsichtigen Kugel aufgesehen.

»Ich stand neben ihm und hielt ihn an der Hand ...« Kanako spürte den freundlichen Blick der Mama-san auf ihrer »Sorgenmiene«.

»Trotzdem ist er plötzlich weg ...« Kanako senkte den Kopf.

»Was willst du machen?« sagte die Mama-san und tätschelte ihr die Hand. »Kinder werden erwachsen. Irgendwann lässt man sie los.«

»Ich weiß, aber ...«

»Wie lange ist das jetzt her?«

»Keine Ahnung ... zwölf Jahre?«

»Wie schnell die Zeit vergeht.«

»Manchmal kommt es mir so vor, als verginge sie gar nicht. Und manchmal scheint sie regelrecht zu rasen.«

Eines Tages vor zwölf Jahren war ihr Bruder plötzlich nicht mehr nach Hause gekommen. Einfach so. Ohne Vorwarnung.

Naja, ohne *Vorwarnung kann man eigentlich nicht sagen.*

›Von einem Verbrechen gehen wir nach derzeitigem Kenntnisstand nicht aus‹, hatte der Polizeibeamte damals gesagt.

›Soll das heißen, dass mein Bruder ...‹

›Vielleicht ist er ausgerissen. Oder er findet bloß den Weg nach Hause nicht mehr.‹

Das war als Scherz gemeint gewesen. Ren war damals fast vierundzwanzig.

Er hat sich verirrt, war es Kanako wie Schuppen von den Augen gefallen.

›Ich finde das letzte Teil nicht ...‹ hatte er morgens gesagt.

Fest entschlossen, für ihren den lieben langen Tag lesenden Bruder zu sorgen, hatte Kanako angefangen, in der Handelsfirma eines Bekannten zu arbeiten.
›Was für ein letztes Teil?‹ fragte sie, schon fast aus dem Haus, halbherzig zurück.
›Das letzte Teil des Puzzles.‹
›Des Puzzles?‹
Rens Aufregung war ihr entgangen. Vielleicht hätte er ihr mehr erzählt, wenn sie nicht mit einem lapidaren ›Na dann, viel Glück bei der Suche‹ aus der Tür gestürzt wäre, um die Bahn nicht zu verpassen.
Das waren die letzten Worte, die sie mit ihrem Bruder gewechselt hatte.
»Du!« riss eine Stimme sie aus den Gedanken. »Es wird Zeit, dass du Ren loslässt«, sagte die Mama-san.
Kanako schwieg.
»Ich kann dich gut verstehen. Suchen ist ansteckend. Das liegt in der Natur in der Sache.«
»Wahrscheinlich hast du recht«, antwortete Kanako genauso halbherzig wie damals.
Ihre Suche nach dem letzten Teil war bislang ebenso erfolglos gewesen …
Kanako wusste nicht, wie das Bild, nach dessen Vollendung ihr Bruder gestrebt hatte, aussah. Es handelte sich womöglich nicht einmal um ein Bild im herkömmlichen Sinne. Das Wort »Puzzle« war vielleicht nur eine Metapher gewesen. Eine Metapher für ein Bild in Rens Phantasie. Wie dieses Bild, dieses

fast fertige Bild, zu dem ihm nur noch »das letzte Teil« gefehlt hatte, aussah, wusste sie jedenfalls nicht.

»Hast du eigentlich inzwischen das Puzzleteil gefunden, das er damals suchte?«

»Noch nicht.«

»Und das Puzzle? Das auch nicht, oder?«

So ist es.

Deshalb würde sie das »letzte Teil« selbst dann nicht erkennen, wenn es eines Tages plötzlich unter dem Teppich zum Vorschein käme, geschweige denn, was für ein Bild es vervollständigte.

Irgendwann würde sie beim Saubermachen darauf stoßen.

Den Staubsauger in der rechten, das »Teil« in der linken Hand stünde sie ratlos da ...

✦

»Entschuldigen Sie bitte die Verspätung!« hörte sie eine Stimme.

Automatisch sah Kanako auf die Uhr. Es war drei Minuten nach vier.

Verblüfft stellte sie fest, dass es eine junge Frau war, die zur Abholung der Sprachbox erschienen war. Noch verblüffender fand sie allerdings die Tatsache, dass die Frau ganz in Schwarz gekleidet war.

»Sagen Sie«, setzte sie, die Trauerkleidung musternd, an – *wann die wohl das letzte Mal gebügelt worden war?* – »bin ich falsch angezogen?«

»Nein, nein«, erwiderte die Frau in Schwarz, um die Sache abzukürzen, schnell – Kanako schien ihr eine von der skrupulösen Sorte zu sein – und schüttelte den Kopf. »Hier ist meine Nummer. Falls etwas sein sollte, melden Sie sich bitte. Mein Name ist Moriizumi«, sagte sie und zückte routiniert eine Karte. »Nicht Mori mit Nach- und Izumi mit Vornamen, sondern Moriizumi. Ein Wort«, ergänzte sie wie zum hundertsten Mal. »Moriizumi.«

»Verstehe. Frau Moriizumi also. Freut mich«, erwiderte Kanako und überreichte ihrerseits eine Karte, welche Frau Moriizumi allerdings sofort umstandslos in ihre Jackentasche gleiten ließ.

»Dann nehme ich das gute Stück jetzt an mich«, sagte sie, klemmte sich versiert den Karton mit der Sprachbox unter den Arm und zauberte eine Quittung hervor. »Hier bitte unterschreiben.«

Kanako tat wie geheißen.

»Vielen Dank«, sagte Frau Moriizumi, ließ auch die Quittung in der Tasche verschwinden und wandte sich zum Gehen. »Also dann.«

»Moment, Moment. Ich gehe mit.«

»Wie bitte?« Frau Moriizumi sah sie befremdet an. »Sie gehen ... *mit?*«

»Ich ... äh ...« stammelte Kanako. *Wer hätte gedacht, dass man bei dieser Gelegenheit schwarz trug?!* »Ich soll der Entsorgung beiwohnen.«

Das überhörte Frau Moriizumi, die schon auf dem Weg zu den Aufzügen war, geflissentlich.

Danach ist Feierabend. Hoffentlich dauert das nicht ewig! Morgen habe ich frei. Zu Hause springe ich unter die Dusche, esse mein Bento, trinke ein Bier, sehe ein bisschen fern und gehe ins Bett.
»Auf Wiedersehen«, drehte sich Frau Moriizumi zu ihr um, als sie den Ausgang im Erdgeschoss erreichten.
Kanako winkte ab. »Das ist Ihr Auto, stimmt's?« sagte sie fröhlich und schlüpfte geschwind auf den Beifahrersitz des Kastenwagens.
»Sagen Sie mal ... Was soll das?« erwiderte Frau Moriizumi sichtlich unerfreut, was Kanako allerdings wenig störte.
»Alles gut. Erstens war ich darauf eingestellt, und zweitens habe ich danach Feierabend.«
»Das meine ich nicht.«
»Wirklich, alles gut«, erwiderte Kanako. Mittlerweile war ihr klar, dass die Notiz nicht auf den Entsorger zurückging, sondern auf Chief Mochida. Der formulierte Anweisungen manchmal so, dass man denken konnte, sie kämen nicht von ihm, sondern von irgendwem anders. »Sie hat uns treue Dienste geleistet«, entschlüpfte es ihr zu ihrer eigenen Überraschung. »Abgesehen davon, entschuldigen Sie die Sentimentalität, abgesehen davon muss sichergestellt werden, dass die gespeicherten Informationen ... dass die ... Moment, wo ist der Zettel ... ah ja, hier steht's ... dass die gespeicherten Informationen ›ordnungsgemäß zertrümmert und verbrannt werden‹.«
Frau Moriizumi verstand nicht einmal die Hälfte dessen, was Kanako sagte. *Aber Reisende soll man nicht aufhalten.*
»Wenn es Ihnen hilft«, sagte sie knapp und startete den Wagen.

»Sagen Sie«, sagte Kanako, die Trauerkleidung von Frau Moriizumi aus den Augenwinkeln musternd. Auf dem Rücksitz stapelte sich ein ganzes Dutzend Kartons. »Sind Sie immer so gekleidet, wenn Sie eine Sprachbox beisetzen?«
»Natürlich *nicht*«, erwiderte Frau Moriizumi leicht verärgert. »Heute hatte ich bloß keine Zeit, mich umzuziehen. Schwarz trage ich tagsüber bei der Arbeit.«
»Tagsüber bei der Arbeit?«
Sie bogen auf die Hauptstraße unter der Stadtautobahn. In regelmäßigen Abständen flackerte das orangefarbene Licht der Straßenlaternen über ihre Gesichter.
»Meine Eltern haben ein Bestattungsunternehmen. Wenn Not am Mann ist, springe ich ein. Was soll ich machen? Meine Eltern sind nicht mehr die Jüngsten, und Geschwister habe ich nicht. Da kann ich nicht *nein* sagen, wenn sie mich bitten.«
»Verstehe.«
»Und Sie, Frau Fuyuki? Sie arbeiten bei der Telefonseelsorge?«
»Woher wissen Sie, wie ich heiße?«
»Woher? Sie haben mir Ihre Visitenkarte gegeben und die Quittung unterschrieben.«
Hat sie also doch draufgeschaut!
Erstaunt nahm sie Frau Moriizumi noch einmal genauer in Augenschein. Der erste Eindruck hatte getäuscht. *So* jung war sie gar nicht mehr.
»›Seelsorge Tokio Null Drei. Annahme im vierten Stock, Helpdesk No. 25, Kanako Fuyuki.‹ Richtig?« zitierte Frau Moriizumi aus dem Gedächtnis. *Profi,* dachte Kanako beein-

druckt. Um einiges erfahrener als ihr junger Kollege Goto.

»Und? Wo werden die Sprachboxen ... wie soll ich sagen ... *beigesetzt?*«

Frau Moriizumi lächelte gequält. »Sie werden nicht ... *beigesetzt.*«

»Also gut, dann ... zertrümmert.«

»Sie werden auch nicht zertrümmert.«

»Was machen Sie denn dann damit?«

»Sämtliche Daten löschen und zum Schrotthändler bringen. Die Boxen werden weder zertrümmert noch verbrannt.«

»Sie hauen mit dem Hammer drauf?«

»Auch das nicht.«

»Ach so.«

Kanako musste lachen. Warum, wusste sie auch nicht. Doch genau so plötzlich, wie es angefangen hatte, war es auch wieder vergangen. Sie setzte sich aufrecht hin.

»Und wohin fahren wir dann?«

✦

Verdammt, dachte Kanako, sobald sie ausgestiegen war, aber eine noch längere Irrfahrt hatte sie Frau Moriizumi wirklich nicht zumuten wollen. »Da vorne wohne ich«, hatte sie gelogen und sich an der nächstbesten Kreuzung absetzen lassen. ›Ich glaube es nicht‹, hatte ihre Mutter einmal gesagt. ›Genau wie dein Bruder. Eigensinnig, starrköpfig und immer auf der Suche. Würde mich nicht wundern, wenn du auch irgendwann verloren gingest.‹

Kanako stand an der verwaisten Kreuzung. In ihren Augen spiegelte sich das Licht der Ampel, erst grün, dann rot.
»Wo in aller Welt bin ich?«
Kein Auto fuhr vorbei. Ringsum war es dunkel und so still, als hätte jemand der Stadt den Ton abgedreht.
»Und jetzt?«
Ich habe mich verirrt, dachte sie und vergrub die Hände in den Taschen. Ihre Finger stießen an die Karte von Frau Moriizumi und – *was war das?* – an eine zweite.
BLACKBIRD – IHR NACHTTAXI. ANRUF GENÜGT.

✦ Schlüssel Nr. 18

Er warf einen Blick auf die Uhr. Ein Uhr in der Früh.

Der junge Mann in der dunklen Gasse hinter der Izumo-Brücke hob so verhalten die Hand, als wollte er bloß nicht auffallen. *Dabei sieht ihn doch niemand,* dachte Matsui verwundert, bremste und sah sich noch einmal um. Keine Menschenseele weit und breit.

Der Weg zwischen der Siedlung und dem U-Bahn-Depot war schmal und verlassen.

»Sie sind meine Rettung«, sagte der junge Mann, nachdem er eingestiegen war, atmete einmal tief durch und fuhr mit klarer Stimme fort: »Nach Shinjuku, bitte.«

»Wohin in Shinjuku?« fragte Matsui mit einem Blick in den Rückspiegel.

»Zu einem Allnight-Kino … warten Sie, ich hab's gleich … hier … zum *Shinjuku Lichtspielhaus Komet,* bitte«, erwiderte der Mann, den Blick auf sein Smartphone gerichtet, und nickte zufrieden. Das Display hatte sein Gesicht nur kurz erleuchtet, aber so jung, wie Matsui zuerst gedacht hatte, war der Mann nicht. Wahrscheinlich hatte er die Dreißig längst überschritten.

»Sie wollen sich um diese Zeit noch einen Film ansehen?« fragte er, wohlwissend, dass die Frage taktlos war, aber da er unbedingt ein Gespräch anknüpfen wollte, nahm er das in Kauf.

»Ja«, erwiderte der Mann gutgelaunt. »Das war zwar nicht geplant, aber ja.«

Matsui war beruhigt.

Er selbst hatte zwar noch keine schlechten Erfahrungen gemacht, aber unter den Kollegen herrschte das eherne Prinzip, sich erst einmal einen Eindruck zu verschaffen, wenn man jemanden ›um diese Zeit an so einem Ort‹ auflas. *Vorsicht ist die Mutter der Porzellankiste,* hieß es. ›Steht er mit beiden Beinen fest im Leben?‹ ›Klebt ihm Blut an den Händen?‹ ›Springt ihm der Wahn aus den Augen?‹

Aber jemanden von Kopf bis Fuß zu inspizieren, selbst wenn es nur durch den Rückspiegel geschah, war ausgesprochen unhöflich. Außerdem musste er sich aufs Fahren konzentrieren.

Zum Glück konnte Matsui auf einen Blick erkennen, ob er es mit einem anständigen Fahrgast zu tun hatte oder nicht. Und dieser junge Mann, *nein,* dieser *vermeintlich* junge Mann war zwar ein wenig erschöpft, aber nicht dubios. Trotzdem war er unsicher, ob er das Gespräch vertiefen sollte.

Sollte er oder …

»Ich möchte irgendwo schlafen, wissen Sie, ich bin den ganzen Tag herumgelaufen«, sagte der Mann.

»Verstehe«, erwiderte Matsui, obwohl er rein gar nichts verstand. Wollte der Mann im Taxi schlafen? *Nein.* Wahrscheinlich bezog sich die Auskunft auf seine Frage, ob er einen Film schauen wolle. Er wollte demzufolge wohl im Kino schlafen.

»Sind Sie von Berufs wegen den ganzen Tag herumgelaufen?«

»Ja«, erwiderte der Mann, um sich gleich darauf zu verbessern: »Nein. Heute hatte ich frei.« Er beugte sich vor. »Heute habe ich nur einen langgehegten Plan in die Tat umgesetzt.«

Die Stimme ist jung, dachte Matsui, den Blick auf die Fahrbahn gerichtet. Als sie endlich das Ende der dunklen Gasse erreichten, bog er auf die Hauptstraße Richtung Shinjuku.

»Sie hatten also den Plan, einen ganzen Tag herumzulaufen«, nahm er beim Abbiegen den Faden wieder auf.

»Genau. Ich habe nämlich gerade eine Sache abgeschlossen.«

»Da hatten Sie aber Pech mit dem Wetter.«

»Das stimmt. Es war den ganzen Tag über bewölkt.«

Matsui war Nachtfahrer, tagsüber schlief er. Vom Wetter wusste er nur das, was in den Abendnachrichten berichtet wurde.

»Es sah sehr nach Regen aus«, plapperte er den Wettermoderator nach.

»Wissen Sie«, sagte der Mann leise und schüttelte den Kopf. »Regen geht gar nicht ... Da bin ich, wie soll ich sagen, *geschädigt* ...«

»Weil Sie schlechte Erfahrungen gemacht haben?«

»Was heißt ›schlechte Erfahrungen‹? ... Wenn es regnet, passiert immer was.«

»Es passiert was?«

Unwillkürlich hob sich Matsuis Braue. War der Mann Polizist? Das würde zu ›den ganzen Tag herumlaufen‹ und ›passieren‹ passen. *Wie ein Polizist sah er allerdings nicht aus ...*

»Kennen Sie den Meisterdetektiv Shuro – ›die Palme‹?«

»Wie bitte?« Matsui hatte die Frage akustisch nicht verstanden. »Entschuldigung, ich habe Sie nicht richtig verstanden«, sagte er und sah in den Rückspiegel.

»Meisterdetektiv Palme. Kennen Sie den nicht?«

Matsui wiegte den Kopf. »Hm ... Ist der berühmt?«

»Sie müssen ihn nicht kennen. Ich dachte nur ... Ich bin nämlich sein ... wie soll ich sagen, also ... im Film heißt er Palme ...«

»Ach so, Sie sind Schauspieler?«

»Wie man's nimmt ...«

»Ich bitte um Entschuldigung. Was Filme angeht, bin ich nicht ganz unbeleckt, ich kenne ein paar Leute aus der Branche, das heißt, ich fahre sie manchmal, aber von einem Meisterdetektiv Palme habe ich tatsächlich noch nie gehört.«

✦

»Nicht schlimm. Es ist bloß ein B-Movie«, unterbrach ihn der Mann. Das stimmte zwar nicht, aber er hatte keine Lust, sich zu erklären. »Und Sie haben recht. Ich bin Schauspieler. Ich spiele den Palme«, sagte er der Einfachheit halber.

Ganz falsch war das nicht. Als Kind hatte er auf Betreiben seines Vaters mal in einem Film mitgespielt, auch später noch die eine oder andere Rolle verkörpert, aber jetzt machte er etwas anderes. Jetzt war er Detektiv. Und kein unbekannter, weshalb er den Namen Palme ins Spiel gebracht hatte, der dem Taxifahrer allerdings kein Begriff war.

Die Sache war so. Die Bezeichnung »Meisterdetektiv« war auf

dem Mist der Medien gewachsen. Er hatte tatsächlich nicht wenige Fälle gelöst, die anschließend als Romanvorlage gedient hatten, verfilmt worden waren und für einiges Aufsehen gesorgt hatten.

Dass er wirklich Palme, also Shuro hieß, wusste niemand. Alle hielten es für den Spitznamen der Romanfigur, der irgendwann zu seinem Rufnamen geworden war. Er hatte es bloß aufgegeben, das Missverständnis aufzuklären.

»Ich bitte meine Unkenntnis zu entschuldigen«, sagte Matsui, was Shuro dazu bewegte, doch noch ein bisschen zu erzählen. Normalerweise war er nicht so gesprächig. »Heute hatten wir drehfrei.« In regelmäßigen Abständen flackerte ihm das Licht der Straßenlaternen übers Gesicht. »Ich habe die Gelegenheit genutzt, mir die Stadt anzusehen.«

»Ach? Sie sind zum ersten Mal in Tokio?«

»Nein, nein. Keineswegs«, erwiderte Shuro und warf einen Blick in Matsuis Rückspiegel.

Ein durch und durch anständiger Kerl. Das hatte er schon an der Stimme gehört.

Aus dem ersten Eindruck Rückschlüsse auf den Charakter zu ziehen, war eine Berufskrankheit. Manchmal wusste Shuro schon am Tatort, ob jemand die Tat begangen hatte oder nicht. Der erste Eindruck war entscheidend. Jemanden auf Herz und Nieren zu überprüfen war selbstverständlich auch wichtig, aber es ging doch nichts über den geschulten ersten Blick.

»Ich bin hier geboren und aufgewachsen«, fuhr er fort und sah wieder aus dem Fenster. Jetzt, wo er wusste, woran er bei dem Taxifahrer war, sprach er weiter: »Allerdings nicht in ein und demselben Viertel. Wir sind ständig umgezogen.« Warum er das erzählte, wusste er selbst nicht. »Heute war ich überall da, wo ich mal gewohnt habe.«

✦

»Verstehe«, sagte Matsui. *Aber den ganzen Tag?! Das ist doch nicht normal,* dachte er.
»Ich bin sage und schreibe neunzehn Mal umgezogen.«
Okay, das ist definitiv nicht *normal!*
»Sie haben ja ein gutes Gedächtnis«, bemerkte er, hin und her gerissen zwischen Misstrauen und Neugier.
»Ich habe noch die Schlüssel«, entgegnete der Mann, hob die Stimme und ergänzte: »Den meiner jetzigen Wohnung nicht mit eingerechnet achtzehn Stück.« Er klang stolz.
»Erstaunlich«, erwiderte Matsui, nicht sicher, was genau er eigentlich erstaunlich fand. Vielleicht die Tatsache, dass der Mann sämtliche Schlüssel aufgehoben hatte.
Aber halt ... Auch er hatte die Schlüssel seiner beiden alten Wohnungen, wohlwissend, dass er sie nicht mehr brauchen würde, in einer Schublade verstaut.
»Wahrscheinlich kann man mit diesen achtzehn Schlüsseln keine einzige Tür mehr öffnen. Sollte man wenigstens nicht ...«
Matsui starrte in den Rückspiegel. Sein Blick kreuzte den von Shuro. Shuro hatte wirklich schöne Augen. Manchmal ließ sich mit einem Blick in die Augen erraten, welchem Beruf ein

Fahrgast nachging. Dieser hatte gesagt, er sei Schauspieler, ein *Filmdetektiv.*

Gerade die entpuppten sich nicht selten als Einbrecher, erst recht, wenn es sich um B-Movies handelte. *Ein Einbrecher, der mit seinen achtzehn Schlüsseln von einem Haus ins nächste steigt …*

»Worum geht es denn in dem Film?« fragte er ganz beiläufig.

»Was?« fragte Shuro, verdutzt über den abrupten Themenwechsel, zurück. »Nun ja, eine Detektivgeschichte eben …«

»Den meinte ich nicht«, fiel Matsui ihm ins Wort. »Ich meinte den, den Sie sich jetzt anschauen wollen.«

»Ach so«, erwiderte Shuro und stockte. »*Den* … Keine Ahnung … irgend so ein alter Schinken um einen mysteriösen Dieb, keinen Detektiv. Spielt aber keine Rolle, ich werde ja schlafen«, nuschelte er.

»Ein mysteriöser Dieb?« fragte Matsui ungewollt eine Oktave höher. Am liebsten hätte er sich die Zunge abgebissen.

In solchen Momenten hat ein Taxifahrer Ruhe zu bewahren. Selbst wenn hinter ihm ein Massenmörder säße, gälte es, kühlen Kopf zu bewahren und sich so zu verhalten, dass der Fahrgast keinen Verdacht schöpfte. Nur bei einem Anfänger überschlug sich die Stimme!

»Wer es weiß, weiß es«, sagte der Mann ungerührt. »Mein Vater hat diesen mysteriösen Dieb gespielt«, fügte er hinzu und nickte sichtlich bewegt.

»Aha«, sagte Matsui, sorgfältig die weiteren Worte wählend. »Mit mysteriösem Dieb meinen Sie nicht zufällig … den *Dieb mit den zwanzig Gesichtern?*«

Noch während er sprach, war ihm die Detektivserie eingefallen, die er nach der schicksalhaften Lektüre des Buches *Die Farbe des Autos gleicht der Farbe des Himmels* verschlungen hatte.

Man brauchte nur eins und eins zusammenzuzählen. Der Mann wirkte jung, war es aber nicht. Behauptete, einen Detektiv zu spielen, war aber gleichzeitig der Sohn eines mysteriösen Diebs. Außerdem hatte er achtzehn Schlüssel dabei, die »angeblich« keine Türen öffneten.

»Um Himmels willen?! Sind Sie etwa der *Dieb mit den zwanzig Gesichtern?*«

✦

Der Dieb mit den zwanzig Gesichtern! Shuro senkte den Kopf und verbiss sich das Lachen.

Bisher hatte er immer behauptet, er hätte sechsundzwanzig Schlüssel oder dreißig. Am Schluss waren es sogar fünfzig gewesen. Aber dieses Mal hatte er sie aus der Schachtel genommen und gezählt. Es waren achtzehn gewesen, und bei jedem einzelnen der schmucklosen, silbernen Schlüssel konnte er sich genau an das dazugehörige Schloss erinnern, die Farbe der Tür und was dahinter zum Vorschein gekommen war.

Eben diese Fähigkeit hatte ihn unbestreitbar zu einem hervorragenden Detektiv gemacht. Auf die Idee, dass man ihn für den *Dieb mit den zwanzig Gesichtern* halten könnte, wäre er allerdings nicht gekommen.

Dabei war das mit den »zwanzig Gesichtern« gar nicht so weit

hergeholt. Wenn man zu den achtzehn Wohnungen sein derzeitiges Apartment und sein nicht mehr existentes Elternhaus dazurechnete, käme man nämlich genau auf zwanzig.
Ja. Er hatte zwanzig Phasen durchlebt. Das hatte der Spaziergang von heute bewiesen.
Die Sache, erklärte er Matsui, sei so gewesen: Wie wäre es, hätte er gedacht, wenn er sich sozusagen »zurückarbeitete«, wenn er von seinem jetzigen Apartment zu seiner vorherigen Wohnung in Shimo-Kitazawa ginge und von dort zu seinem alten Apartment im Haus LUCK in Daitabashi und von dort nach Asagaya ins Mansion NEW MOON.
Haus Nummer sechs, habe er feststellen müssen, existierte nicht mehr.
Die Schlüssel, die er mehr oder weniger als Glücksbringer aufbewahrte, tatsächlich auszuprobieren – was für eine verwegene Idee! –, habe er nie vorgehabt. Ihm sei es bloß darum gegangen, sich seiner eigenen unbeständigen Spur zu vergewissern.
Wichtig sei die Erinnerung. Ob die Wohnung als solche noch existierte oder nicht, spielte keine Rolle. Dass er ein ausgezeichnetes Gedächtnis habe, stünde außer Frage, aber die Schlüssel hülfen ihm, auch Verschüttetes wieder freizulegen. Sie schlössen im wahrsten Sinne des Wortes sein Gedächtnis auf.
Während seiner Zeit in Wohnung Nr. 11 zum Beispiel hätte er einen »unlösbaren« Fall nach dem anderen gelöst und sich einen Namen als Detektiv gemacht. Die zehn Minuten zu Fuß vom Bahnhof in Gakugei-daigaku entfernte Ein-Zimmer-

Maisonette ganz links im ersten Stock gäbe es immer noch. Jetzt wohnte bloß jemand anderes darin. *Natürlich!* Nicht natürlich wäre, dass er immer noch einen Schlüssel zu der Wohnung besäße.
Davor, während seiner Zeit in Wohnung Nr. 7, wäre er unter dem Namen *Mighty Tashiro* als Zauberer aufgetreten. *Aber was hieße schon aufgetreten,* seine Engagements hätten sich auf Vorführungen bei Firmen- und Fabrikfesten beziehungsweise Tischzaubereien in Kneipen und Bars beschränkt. Die Kunststücke hätte er sich selbst beigebracht. Schon als Kind hätte ihn Zauberei fasziniert. Weil er davon aber nicht hätte leben können, hätte er nebenher in einer Konservenfabrik gearbeitet, Tag für Tag Konserven befüllt.
So gesehen sei das eine unschöne Erinnerung. Andererseits hätte ihm die Zauberei schon gute Dienste geleistet. Erst sie, würde er behaupten, habe ihn zum Detektiv gemacht. Wie lenkt man jemandes Aufmerksamkeit ab? Welcher Trick oder Kniff funktioniert am besten?
Tricks gäbe es verschiedene, aber jeder, so kompliziert er auch sein möge, habe eine Auflösung. Das hätte er gelernt, und diese Erkenntnis leitete ihn seitdem an.
Während seiner Zeit in Wohnung Nr. 3 allerdings, in Ekoda, hätte er nicht im Traum gedacht, dass aus ihm mal ein Zauberer oder Detektiv werden würde. Da hätte er sich zwei Monate lang Woche für Woche von einem Job zum andern gehangelt, ohne jede Vorstellung, was aus ihm mal werden sollte, bis die Männer, die er im öffentlichen Bad am Rande der Einkaufsstraße kennenlernte – sein billiges Apartment hätte, in

diesem Fall zu seinem Glück, kein Bad gehabt – ihn dazu animierten, in Kneipen zu zaubern. *Die Wege des Schicksals sind wirklich unergründlich.*
»Und ehe ich mich versah, war es so spät …«

✦

Matsuis nachthimmelblaues Taxi näherte sich Shinjuku.
Shinjuku war zweifellos der Stadtteil, der niemals schlief, aber im Vergleich zu früher strahlte das »Neonviertel« nur noch halb so hell. Die Schatten der die düsteren Straßen säumenden Bäume fraßen sich in den Wagen.
Matsui – aufs Fahren konzentriert – dachte nach.
Der Mann im Fond hatte behauptet, Schauspieler zu sein, im Laufe des Gesprächs aber durchblicken lassen, dass er keinen Detektiv *spielte,* sondern einer *war.*
Vielleicht hat er nicht mehr alle Tassen im Schrank.
Matsui hätte nach der Hälfte des Gesprächs vielleicht einfach abschalten sollen, aber das Wort »zurückarbeiten« hatte ihn aufhorchen lassen.
Zurückarbeiten. Auch Matsui hatte eine wenn auch banale Erinnerung, zu der er sich »zurückarbeiten« müsste. Doch anstatt sich ihr zu stellen, fuhr er ihr davon. Fuhr den Wünschen seiner Fahrgäste entsprechend durch die Nacht, ohne je seine eigenen ins Visier zu nehmen.
»Wissen Sie …« setzte er an. *Wenn nicht jetzt, wann dann?* Ihm war, als wäre plötzlich der Knoten geplatzt. *Er würde sich seiner Erinnerung stellen.*

Aber zu spät. In zwei Minuten wären sie am Kino.
»Auch ich habe mal in einer Wohnung ohne Bad gewohnt«, machte er nolens volens einen Rückzieher. »Das Badehaus, in das ich damals ging, existiert allerdings nicht mehr, hab ich neulich bei einer Fahrt gesehen«, setzte er hinzu und grinste schief.

✦

›Der Film spielt keine Rolle‹, hatte er behauptet, aber Shuro wusste, dass er sich damit in die Tasche log.
Der lapidare Zusatz ›Ich werde ja schlafen‹ hatte ihn erhebliche Mühe gekostet.
Die Vorführung begann um ein Uhr fünfzig.
Sie war sein eigentliches Ziel. Auf die Idee, sich mit den Schlüsseln »zurückzuarbeiten«, war er erst später gekommen. Wenn er alle achtzehn abarbeitete, käme er schlussendlich zu dem Haus, in dem er seinerzeit mit seinem Vater gewohnt hatte …
Dem Haus, das sein Vater gebaut hatte.
Sein Vater, der in fünfhundert Filmen mitgespielt hatte.
Immer in Nebenrollen.
Bis auf dieses eine Mal. In diesem einen Film hatte er die Hauptrolle gehabt.
Mysterious Silver.
Und der wurde – klammheimlich sozusagen – heute nacht gezeigt.
Shuro hatte die Anzeige zufällig entdeckt. »Unbekanntes

Meisterwerk« hatte es im SONDERVORFÜHRUNGEN betitelten Programm geheißen. »Nur heute. Ein Uhr fünfzig!«
Mysterious Silver war nie auf DVD erschienen. Sein Vater hatte ihm oft davon erzählt, aber gesehen hatte Shuro den Film noch nicht.
Deswegen hatte er keine Ahnung, wie sein Vater darin war.
Er wusste bloß eins: dass der Dieb – die *Hauptrolle!* – am Schluss von einem Detektiv mit Superhirn geschlagen wurde; das hatte in der Zusammenfassung des Plots gestanden, die er, vermutlich während seiner Zeit in Wohnung Nr. 8, bevor er Detektiv wurde jedenfalls, in einem Antiquariat in einem Filmmagazin entdeckt hatte. *Gut,* hatte er gedacht, *dann werde ich eben Detektiv. Kein Filmdetektiv, sondern ein richtiger, ein Meisterdetektiv, der einen komplizierten Fall nach dem nächsten löst …*
Das hätte er Matsui vielleicht auch noch erzählt, wenn sie nicht soeben das Kino erreicht hätten.
Shuro warf einen Blick aus dem Fenster. Selbst um diese Zeit war die Straße noch belebt.
»Da wären wir«, hörte er Matsui. Ihm war, als erwachte er aus einem Traum.
Er stieg aus. Zu seinem Leidwesen hatte der Himmel nun doch ernst gemacht. Es regnete.
Die Tropfen waren merkwürdig weich und warm.
Aber in einem Punkt hatte er nicht gelogen: Wenn es regnete, passierte wirklich immer was. Egal, ob es nieselte oder wie aus Kübeln goss, bei Regen passierte was. Warum das so war, wusste Shuro nicht, aber die meisten Fälle, die er bisher aufgeklärt hatte, hatten sich bei Regen ereignet.

Regen stört wahrscheinlich das seelische Gleichgewicht …

Das Lichtspielhaus, vielmehr Lichtspiel*häuschen,* lag ein Stück vom Bahnhof entfernt und war offenbar erst kürzlich eröffnet worden. In der Retrofassade, aber auch in der Sammlung verstaubter Filme, die man zeigte, steckte Liebe, das spürte man, und diese Liebe gefiel Shuro.

Das einzige, was man bemängeln könnte, wenn man denn etwas bemängeln wollte, war, dass es keine alte Kinokasse gab, sondern bloß einen Automaten, ein »Ticket-Terminal«. Dort poppte ein Fenster auf, über das man einen Sitzplatz wählen konnte.

In diesen Dingen – sei es Eintrittskarten kaufen oder Nebenkosten zahlen – stellte sich *Meister*detektiv Palme allerdings äußerst ungeschickt an.

Zum Glück war das Terminal mit dem Internet verbunden, so dass er online einen Sitzplatz reservieren konnte. Wäre der Film populär gewesen, wäre er sicher selbst zu dieser Zeit ausverkauft gewesen, aber so war fünf Minuten vor Beginn kein einziger Platz belegt.

So hatte sich eins zum anderen gefügt.

Der Film. Dass er heute frei hatte. Dass er nun seinem Vater »gegenübertreten« würde. Allem Anschein nach auch noch *allein.* Die Entscheidung, sich der Arbeit seines Vaters zu stellen.

Das alles war »passiert«.

✦

»Würden Sie mich nach der Vorstellung wieder abholen?« fragte Shuro beim Aussteigen.
»Selbstverständlich«, erwiderte Matsui wie aus der Pistole geschossen.
»Der Film ist um halb vier zu Ende. Ich rufe Sie dann an, ja?«
»Sehr gerne. Sie erreichen mich unter dieser Nummer«, sagte Matsui, kramte eine Karte aus der Brusttasche seiner Uniform und gab sie ihm.
Falls er in der Zwischenzeit für eine längere Fahrt gebucht werden sollte, müsste er Shuro wohl absagen. Aber so wie es aussah, blieb das Geschäft, trotz des Regens, auf wenige Kurzfahrten beschränkt, so dass er jederzeit zum Kino zurückkehren könnte.
Wo der nach dem Film wohl noch hinwollte?
Nach Hause, Wohnung Nr. 19? Oder zu einem anderen Kino?
Sollte die Fahrt länger als fünfzehn Minuten dauern, nahm Matsui sich vor, würde er ihm jedenfalls das erzählen, was er ihm eben schon hatte erzählen wollen.
Von Fügung zu sprechen, war vielleicht übertrieben – erst einmal galt es herauszufinden, ob »Palme« tatsächlich Detektiv war oder bloß spielte –, aber falls er tatsächlich Detektiv war, könnte Matsui ihm die Geschichte erzählen und ihn vielleicht sogar bitten, die Frau ... *sie* ... zu suchen.
Er hatte gehofft, sie zufällig wiederzusehen. Deshalb war er weiter Taxi gefahren. Erst jetzt war ihm bewusst geworden, dass er ja auch einen Detektiv hätte einschalten können.
Im Grunde war es gar nicht wichtig, ob Shuro Detektiv war

oder nicht. Matsui wollte ihm bloß sein Herz ausschütten, so wie Shuro ihm sein Herz ausgeschüttet hatte.

Aber das Schicksal ist launenhaft.

Es wurde vier, und Shuro hatte sich immer noch nicht gemeldet. Kurz nach halb fünf hakte Matsui ihn mit einem Kopfschütteln ab.

Dann ließ er ein Bild vor sich auftauchen, das er sonst sorgsam unter Verschluss hielt.

Das Bild, wie sie aus dem Fenster schaut.

Sein Herz pochte etwas schneller, aber was machte das schon?

Kaum hatte er sich wieder gefasst, klingelte sein Handy.

»Ja bitte«, meldete er sich.

»Herr Matsui?« drang ihm wie von unendlich weit her eine unbekannte Frauenstimme ans Ohr. »Ich bin's. Kanako Fuyuki.«

✦ Ham & Eggs

Die Uhr zeigte eins.

Noch sechseinhalb Stunden! Um diese Zeit ging es erst richtig los.

›Brennstoff, Brennstoff!‹ oder ›Ich muss tanken!‹ genehmigten sich die vier Frauen zwischendurch einen Schluck Bier oder Schnaps. Nur einen kleinen, verstohlenen Schluck. *Während der Arbeit trinkt man nämlich nicht.* In dem Punkt waren sie sich einig, auch ohne sich vorher abgesprochen zu haben. Auch die Eröffnung des gemeinsamen Bistros war nicht vorher abgesprochen gewesen. Es hatte sich mehr oder weniger so ergeben.

Die vier Frauen waren sich ähnlich. Sie hatten kurze Haare, waren praktisch veranlagt und hassten nichts mehr als Däumchen zu drehen, was nicht heißen soll, dass sie bis zum Umfallen arbeiteten, *nein,* sie strebten vielmehr nach einem »gesunden Mittelmaß«.

Vielleicht hatte es *daran* gelegen – vielleicht aber auch an der steigenden Zahl von Fastfood-Restaurants – dass sie praktisch zur selben Zeit ihre Imbisse aufgegeben hatten und arbeitslos geworden waren.

Befreundet gewesen waren sie nicht. Regen Informationsaustausch hatten sie auch nicht gehabt, dafür hatten ihre Imbisse zu weit auseinander gelegen. Aber Kisa, die Älteste im Bunde, hatte mit Yoriё, der Jüngsten, mal in derselben Kneipe gearbeitet, und Fumina, die Patenteste von ihnen, kannte Ayano noch von der Schule. Außerdem hatte sie schon bei Kisa gegessen, und Yoriё und Ayano liefen sich beim Chinesen in der Passage häufiger über den Weg, da sie beide in derselben Gegend wohnten.

Sie hatten sich also immerhin vom Sehen gekannt, waren irgendwann dazu übergegangen, sich zu grüßen, das ein oder andere Wort miteinander zu wechseln, und hatten auf diesem Wege erfahren, dass jede von ihnen einen Imbiss betrieb und schließlich, dass keiner dieser Imbisse besonders gut lief.

Bald darauf ging das Gerücht, dass alle vier einen Schlussstrich gezogen hätten.

Wer auf die Idee gekommen war, gemeinsam ein Bistro zu eröffnen, blieb ein Rätsel. Auch wenn es hieß, dass es Kisa gewesen wäre, die vorgeschlagen hätte, sich zusammenzutun.

›Ich? Nee, nee, nee!‹ verneinte die aus unerfindlichen Gründen wütend.

›Dann muss es Fumina gewesen sein‹, sagte Yoriё, woraufhin die zierliche Fumina mit der Hand wedelte und energisch widersprach. ›Ich nicht!‹

Auch die beiden anderen verneinten.

In dieser uneinigen Einigkeit wiederum lag ihr Erfolg. In Kürze würde ihr Bistro fünf Jahre alt.

Sein Name lautete *Drehkreuz*.

✦

Matsui nannte das *Drehkreuz* insgeheim sein »Spezialbistro«. *Spezial* im Sinne von ›so gut, dass man niemandem davon erzählen darf‹, weil es sonst binnen kürzester Zeit überlaufen wäre und er womöglich auf dieses ›ganz und gar köstliche Menü‹ verzichten müsste. Schon jetzt war es morgens recht gut besucht.

Manchmal ging er hin, um auf andere Gedanken zu kommen, zum Beispiel, wenn es schon nach vier und eine Buchung kurzfristig storniert worden war.

So wie heute.

Wer's glaubt, wird selig … Tut so, als wäre er ein Detektiv … nein, kein Detektiv, ein Meister*detektiv sogar … Auf der anderen Seite …*

Wenn er tatsächlich Detektiv war, hätte Matsui ihm die Geschichte gerne erzählt, ihn vielleicht sogar gebeten, *sie* zu suchen. Aber der vermeintliche Detektiv hatte sich nicht wieder gemeldet. Inzwischen war es vier. Matsui drehte noch eine Runde ums Kino, aber keine Spur.

Dass jemand ohne Bescheid zu geben eine Buchung platzen ließ, passierte nicht zum ersten Mal, auch wenn Matsui sich gewünscht hätte, dass es dieses Mal anders wäre.

Was soll's, murmelte er zur Windschutzscheibe, *dann gehe ich eben ins Drehkreuz.*

Die Erinnerung machte ihm das Atmen schwer. *In dieser Gemütsverfassung würde er einen Unfall riskieren!*

»Reiß dich zusammen!« befahl er sich und machte sich auf den Weg nach Katatokicho.

Es fiel ihm nicht leicht, sich aufs Fahren zu konzentrieren.

Kaum hatte er den Kopf geschüttelt, um ihr Bild wieder zu vertreiben, klingelte sein Telefon.

✦

Das Bistro hieß *Drehkreuz,* weil es an einer Kreuzung lag.
Die Namensfindung war nicht so einfach gewesen.
»Ist doch egal, wie es heißt«, hatte eine der vier Frauen gesagt, nachdem feststand, wo sie es eröffnen würden.
»Von mir aus kann es ›Kantine‹ heißen.«
»Mit dem Geschmack hat der Name eh nichts zu tun, egal wie gut er klingt.«
»Hauptsache, das Essen schmeckt.«
»Genau.«
»Ein Bistro ohne Namen ist doch komisch ...«
»Stimmt auch wieder ...«
»Ich finde, es sollte ein Name sein, den man sich gut merken kann.«
»Wie wär's denn dann mit *Kreuzung*? Wir liegen ja schließlich an einer.«
»Oder *Drehkreuz*? Was meint ihr?«
Und damit war der Name beschlossene Sache.
Dabei hatte sich jede seinerzeit so geplagt!
»Ich hab einen ganzen Monat überlegt, wie mein Imbiss heißen soll«, sagte Kisa mit einem wehmütigen Lächeln.
»Ich auch!«
»Ich auch!«
»Der Name wäre wichtig, hatte ich gedacht.«

Die bittere Erfahrung, das eigene Geschäft schließen zu müssen, hatte bei allen Spuren hinterlassen. Wenn sie abends zu viert in der Küche standen und das Essen vorbereiteten, kamen sie häufig auf das Thema »aufgeben« zu sprechen.
»Mir ist inzwischen alles egal.«
»Das kann ich verstehen.«
Eigentlich war es nie ein Gespräch, sondern ein Gedanke, den eine von ihnen – auf das Messer oder die Kochstäbchen konzentriert – einwarf und eine andere wieder aufnahm.
»Mein Privatleben ...«
»Ja, ja ...«
»Wisst ihr, früher ...«
»Wollte man auch ein erfülltes Privatleben.«
»Stimmt ...«
»Wer ein erfülltes Berufsleben hat, habe ich gedacht, hat auch ein erfülltes Privatleben ...«
»Stimmt ...«
»Aber so ist es nicht.«
»Nein.«
»Mein Privatleben hat mich noch nie erfüllt.«
»Mich hat nicht einmal mein Berufsleben erfüllt.«
»Und jetzt?«
Schweigen.
»Jetzt habe ich aufgegeben.«
»Ich auch.«
»Wünsche ... Träume ...«
»Das soll für Tokioter typisch sein.«
»Was?«

»Na, aufgeben.«
»Sind wir überhaupt alle waschechte Tokioter?«
»Na klar.«
»Natürlich«, hielten alle inne und nickten.
»Wusstet ihr das?«
»Was?«
»Na, dass Tokioter offenbar nichts zu Ende bringen.«
Stille.
Durchbrochen von Messergeklapper und dem Brodeln von Töpfen.

✦

Die Stimme aus dem Handy klang ruhig.
»Ich bin's. Kanako Fuyuki«, hatte sie sich wie eine alte Bekannte gemeldet, *aber wer sollte das sein?* Auf Anhieb fiel Matsui niemand ein.
»Erinnern Sie sich?«
»Tut mir leid, aber ...«
»Ich bin die Frau, die neulich die Biwas ... äh ...«
»Geklaut hat, natürlich«, erinnerte er sich sofort. »Die Biwa-Diebin.«
»So ist es.«
Sie lachten.
»Wie kann ich Ihnen helfen?«
»Könnten Sie mich abholen? Ich weiß allerdings nicht, wo ich bin ...«
»Natürlich«, erwiderte Matsui und fuhr an den Straßenrand.

»Werfen Sie mal einen Blick auf den nächsten Strommasten. Da steht die Adresse dran«, sagte er und rief das Navi auf.
»Am Strommast?« hörte er sie keuchen. »Ah, hier ist einer. Moment …«
Verdutzt nahm Matsui zur Kenntnis, dass sie beim Vorlesen kein einziges Mal stockte. *Ach ja,* fiel ihm ein, Kanako Fuyuki arbeitete ja bei der Telefonseelsorge.
»Nummer 2–6.«
Dafür brauchte er kein Navi. Bis dorthin war es ein Katzensprung.
»Soll ich sofort kommen?«
»Das wäre nett.«
»Sehr wohl, die Dame«, sagte Matsui so förmlich, dass Kanako kichern musste, sobald sie aufgelegt hatte. *Sehr wohl, die Dame!* Gleichzeitig stellte sie fest, dass ihr Magen knurrte. Normalerweise holte sie sich nach der Arbeit im Convenience Store ein Bento oder ging für eine Kleinigkeit in eines der durchgehend geöffneten Lokale, aber heute war alles durcheinandergeraten, sie wusste nicht einmal mehr, wie spät es inzwischen war. Irgendwas musste sie jedenfalls essen, bevor sie nach Hause ging.

✦

»Es muss doch etwas geben, das ihr noch nicht aufgegeben habt …«
»Bei mir nicht.«
Hinter der Theke gingen die vier Frauen ihrer Arbeit nach.

»Doch …«
»Zum Beispiel?«
»Die Liebe?«
Inzwischen war es halb fünf. Um diese Zeit war das Bistro fast leer. Der nächste Schwung kam erst zum Frühstück, nach halb sechs, ältere Leute aus der Gegend, Männer auf dem Heimweg von der Nachtschicht, Taxifahrer. Um halb acht machten sie zu.
In den anderthalb Stunden ab vier war es ruhig. Zeit zu verschnaufen und zum Vorbereiten der »zweiten Welle«.
»Schmetterlinge im Bauch …«
»Hab ich aufgegeben.«
»Ich auch.«
»Männer, nein danke.«
»Die schubsen einen bloß herum.«
»Aber …«
»Ja ja, ich weiß …«
»Weil wir uns hingeben …«
»Natürlich! Ohne Hingabe kannst du als Frau keinen Imbiss schmeißen.«
»Wahnsinn … wenn man so darüber nachdenkt …«
»Und das, obwohl wir aus Tokio kommen …«
»Ich *habe* mich hingegeben …«
»Was? Einem Mann?«
»Ja. Er sich aber auch.«
»Meiner war auch Feuer und Flamme, aber ich hatte nur den Imbiss im Kopf. Das konnte nicht gutgehen …«
»Bei mir war's der Klassiker: Er oder der Imbiss. Ich hab

mich für den Imbiss entschieden. Im Nachhinein denke ich manchmal, ich hätte mich besser für ihn entschieden. Mit dem Imbiss hat's ja nicht geklappt …«

»Bereust du deine Entscheidung?«

»Nein. Ich bereue grundsätzlich nicht. Nichts.«

»Das ist vernünftig. Bereuen kann man nur, wenn man annimmt, dass etwas gutgegangen wäre. Und wie soll man von etwas annehmen können, dass es gutgeht? Meistens gehen die Sachen schief. Der andere Weg wäre ebenso in einer Sackgasse geendet. Was soll man da also bereuen?«

»Wünsche, Träume, Reue … alles ein und dasselbe.«

»Genau. Man bildet sich bloß ein, dass alles anders gekommen wäre, wenn man einen anderen Weg eingeschlagen hätte.«

»Und du, Ayano? Du sagst ja gar nichts mehr …«

»Bereust du es etwa?«

»Das nicht, aber …«

»Aber was?«

Sie bereute es nicht, aber sie dachte hin und wieder daran.

Ayanos Imbiss hatte am nördlichen Stadtrand gelegen. Dank der Fabrikarbeiter, die mittags und abends kamen, ließen sich die Geschäfte sehr gut an. Als die Fabrik aber kurze Zeit später geschlossen wurde, wendete sich das Blatt. Die Gäste blieben aus.

Der einzige, auf dessen Kommen sie sich verlassen konnte, war ein Mann namens Tashiro. Seinen Vornamen kannte sie nicht. Tashiro trug das ganze Jahr hindurch dieselbe Kleidung, hatte einen Dreitagebart, sein Haar war immer zerzaust und sein Brillenglas am Rand gesprungen.

Kein Geld, hatte sie immer gedacht.

Jedes Mal, wenn er kam, bestellte er Ham & Eggs. Das billigste Gericht ihrer Karte, aber nahrhaft.

›Genau das, was mein Körper braucht‹, hatte er immer gesagt. Seine kindliche Freude hatte sie beeindruckt. Ayano wusste zwar nicht, wie er lebte oder was er dachte, aber im Imbiss hatte er sich immer offen und unbekümmert gezeigt.

Irgendetwas an ihm hatte sie angezogen.

Hatte er ihren Mutterinstinkt geweckt? *Mit dem,* hatte sie jedenfalls gedacht, *könnte ich mein Leben teilen. Der passt irgendwie zu mir.*

Sie zog ihre Studienfreundin Haruka ins Vertrauen.

›Könnte sein‹, sagte die leichthin. ›Sonst hättest du wahrscheinlich keinen Imbiss eröffnet.‹

›Was meinst du mit *sonst?*‹

›Na, wenn du keinen ausgeprägten Mutterinstinkt hättest.‹

›Wer? Ich?‹

›Du hast es bloß noch nicht gemerkt. Mir geht der völlig ab. Ich koche schon für mich nicht gerne, aber du! Du bekochst jeden. Ich bewundere dich. Die gute Seele des Viertels.‹

Selbst jetzt fragte sich Ayano noch manchmal, ob das stimmte. Und auch wenn sie keine Antwort fand, ertappte sie sich manchmal bei dem Gedanken, *was gewesen wäre, wenn …*

Wenn sie damals mit Tashiro … oder wenn sie den Imbiss weitergeführt hätte …

Ein paar Monate, bevor sie den Imbiss aufgab, war Tashiro jedoch nicht mehr gekommen. Von einem Tag auf den anderen war er weg, ohne Gruß, ohne Nachricht, einfach so. War er weggezogen? Hatte er einen besseren Imbiss gefunden? *Nichts ist für die Ewigkeit,* hatte sie schweren Herzens gedacht. Der Mann, mit dem sie sich – theoretisch wenigstens – hätte vorstellen können, ihr Leben zu teilen … mir nichts dir nichts auf und davon.

Jetzt wusste sie, woran sie war.

Menschen kommen und gehen. Bindungen sind flüchtig. Man erwartet besser nichts. Wer hier leben will, muss aufgeben können. Aber …

»Nanu«, sagte Kisa mit einem Blick zum Eingang. »Das ist ja eine Überraschung.«

»Huch?«

»Wer hätte das gedacht …«

»Sieh mal einer an …« ging es reihum, bevor Kisa mit einem herzlichen »Guten Morgen« die Gäste begrüßte.

Die vier Frauen sahen zur Uhr. Dass Matsui um diese Zeit zum Essen kam, war nichts Ungewöhnliches. *Aber dass er eine Frau mitbrachte … Was das wohl zu bedeuten hatte?*

Neugierig spitzten sie – scheinbar unbeteiligt weiterarbeitend – die Ohren, um zu hören, was an dem Tisch, an dem das Paar Platz genommen hatte, vor sich ging.

✦

»Das ist übrigens das erste Mal, dass ich einen Fahrgast hierher mitnehme«, sagte Matsui.

»Wirklich?« erwiderte Kanako. Sie hatte gerade nach der Tasse Tee greifen wollen, die Yoriė ihr hingestellt hatte.

»Wirklich. Das ist ein Geheimtipp, aber in Ihrem Fall, Frau Fuyuki …«

»Sagen Sie ruhig Kanako. So nennen mich alle.«

Typisch Kanako. Binnen kürzester Zeit verhielt sie sich so, als würde man sich schon ewig kennen. Kein Wunder, dass jeder gleich mit ihr warm wurde. Ob das an ihrer Arbeit lag oder ob sie von Hause aus so war? Wahrscheinlich beides.

Sie war schon bei ihrer ersten Begegnung so aufgeschlossen gewesen, erinnerte sich Matsui an den Abend, als sie den Biwa-Schnaps ausgeschenkt hatte. Von dem plötzlichen ›Sagen Sie ruhig Kanako‹ fühlte er sich zwar etwas überrumpelt, aber seine langjährige Erfahrung als Taxifahrer hatte ihn gelehrt, die Wünsche seiner Fahrgäste zu respektieren.

»Kanako-san, sehr wohl«, sagte er und nahm einen Schluck Tee. »Als Sie anriefen, hatte ich gerade beschlossen, heute hier zu essen.«

»Was für ein Glück! Ich hatte nämlich Hunger.«

»Sie nehmen mir das Wort aus dem Mund. Ich hatte gerade Feierabend gemacht.«

»Oh, das tut mir leid. Wenn ich das gewusst hätte, hätte ich nicht angerufen.«

»Nein, nein, ich fahre Taxi, Sie *sollen* mich anrufen. Aber wenn der Magen einmal Feuer gefangen hat … Moment, sagt man das überhaupt? *Wenn der Magen einmal Feuer gefangen hat …?*«

Die vier Frauen hinter dem Tresen kicherten.

Typisch Matsui.

Der hat wirklich eine eigene Art, sich auszudrücken.

Der sagt vielleicht lustige Sachen.

Matsui und Kanako studierten die Speisekarte.

»Menü B bitte«, bestellte Matsui, ohne lange zu fackeln. Kanako überlegte noch.

»Für mich einmal Ham & Eggs«, entschied sie schließlich lächelnd.

»Was für eine schöne Frau!« sagte Yoriё, wieder zurück hinter dem Tresen. »Und sie riecht so gut.«

»Herr Matsui hat sich wohl verliebt«, bemerkten Kisa und Fumina.

»Bestimmt!«

»Schaut doch, wie verlegen er ist«, wisperten sie sich zu.

»Ausgerechnet Ham & Eggs«, murmelte Ayano so leise, dass es niemand hörte, die einzige, bei der die Bestellung ein flaues Gefühl im Magen ausgelöst hatte.

»Um noch einmal auf das Gespräch von eben zurückzukommen«, sagte Matsui, die Stimme gesenkt.

»Den Detektiv, meinen Sie«, erwiderte Kanako und dachte an das, was Matsui ihr auf dem Herweg im Taxi erzählt hatte. ›Haben Sie schon mal was von einem Meisterdetektiv Palme gehört‹, hatte er gefragt. Eben hätte ihn ein Fahrgast versetzt, und bei diesem Fahrgast scheine es sich um einen Detektiv gehandelt zu haben. ›Nein, tut mir leid‹, hatte Kanako den Kopf schüttelnd verneint. Seine Fälle seien sogar verfilmt worden, hatte Matsui hinzugefügt, und da war es Kanako wieder eingefallen.

›Kommendes Frühjahr. Meisterdetektiv Palme ermittelt weiter. Nur im Kino‹ hatte es in einem der Trailer geheißen, den sie letzte Woche im Kinopolis gesehen hatte. Dort hatte sie ihren freien Tag verbracht. Wobei – Trailer war übertrieben. Der Vorfilm hatte praktisch kein einziges Bild enthalten, bloß Slogans wie ›Mysteriöse Fälle‹, ›Brillant gelöst‹, ›Adrenalin pur‹ oder ›Seien Sie gespannt!‹, untermalt von bombastischer Musik.

»Eine Verfilmung gibt es jedenfalls.« Kanako trank einen Schluck Tee und seufzte: »Mhm, ist der gut.«

»In *dem* Punkt hat er also nicht gelogen«, bemerkte Matsui und rieb sich das Kinn. Den Stoppeln nach zu urteilen, war es schon recht spät. *Tatsächlich!* Draußen graute der Morgen. »Dann ist er wohl wirklich Detektiv ...«

»Da sehen Sie mal ... So was passiert nicht alle Tage«, erwiderte Kanako und sah ebenfalls nach draußen.

Die beiden waren so plötzlich verstummt, dass auch die vier Frauen hinter dem Tresen aufschauten und aus dem Fenster blickten.

Um diese Zeit war es in der Stadt am stillsten.

»Moment mal!« unterbrach Kanako abrupt das Schweigen. »Meisterdetektive lösen doch jeden Fall, oder?« sagte sie mit einem Gesicht, als hätte sie gerade den Einfall des Jahrhunderts gehabt.

»Ich glaube schon«, erwiderte Matsui verhalten und fügte hinzu: »Seine Fälle sind immerhin verfilmt worden.«

»Eben! Das wurde im Trailer auch gesagt.«

»Warum? Gibt es einen Fall, den er für Sie aufklären soll?«

»Nein, aber jemanden, den er suchen könnte. Meinen Bruder.«

Matsui sah sie fragend an. Er war davon ausgegangen, dass ihr Bruder in jungen Jahren gestorben war. ›Den Schnaps hat mein Bruder immer gemacht‹, hatte Kanako an jenem Abend gesagt, und der junge Mann auf dem Foto in der Küche war ihr wie aus dem Gesicht geschnitten gewesen.

»Der ist verschollen.«

»Ach so«, sagte Matsui und hielt einen Moment inne. »Dann geht es Ihnen wie mir«, fügte er nach kurzem Überlegen hinzu.

»Sie suchen auch jemanden?«

»Wenn man so will ... ja.«

»Wunderbar! Dann kann er gleich für uns beide arbeiten. Was für eine glückliche Fügung! Ein Taxifahrer, der jemanden sucht, befördert einen Detektiv und gleich darauf eine Person, die auch jemanden sucht. Das ist kein Zufall, das ist ein Zeichen. Ein Wink des Schicksals. Tut euch zusammen und engagiert den Mann, heißt das«, reimte sie sich zusammen. Das war fraglos eine ihrer Stärken; nicht umsonst war Kanako Telefonseelsorgerin geworden. »So berühmt, wie er ist«, fuhr sie fort, ganz in ihrem Element, »stehen die Leute wahrscheinlich Schlange bei ihm. So einfache Fälle wie vermisste Personen nimmt er vielleicht gar nicht an. Auf der anderen Seite: Ihnen hat er sich anvertraut. Er war doch auf dem Weg ins Kino, nicht wahr? Zu dem Film, in dem sein Vater die Hauptrolle spielt. Ihnen hat er das erzählt. Deshalb macht er bei *Ihnen* vielleicht eine Ausnahme.«

»Ein Problem«, wandte Matsui mit erhobener Hand ein und schüttelte den Kopf. »Ich habe seine Kontaktdaten nicht.

Meine Karte habe ich ihm gegeben, er mir aber seine nicht.«

»Was hat er Ihnen denn noch erzählt? Vielleicht gibt es da einen Hinweis. Ob er wirklich Palme, ich meine, Shuro heißt? Und wenn ja, ist das sein Vor- oder sein Nachname? Hat er sonst einen Namen erwähnt?«

»Hat er«, fiel Matsui im Zusammenhang mit der Umzugsgeschichte ein. »Bevor er Detektiv wurde, hat er gesagt, sei er als Zauberer aufgetreten.«

Schon komisch, dass sie erst selbst detektivisch tätig werden mussten, um den Detektiv zu finden, der jemanden für *sie* finden sollte.

»Und zwar unter dem Namen *Mighty Tashiro.*«

Es schepperte.

Erschrocken sahen alle in die Richtung, aus der das Scheppern gekommen war.

Ayano war ein Teller aus der Hand gerutscht. Sie klaubte die Scherben so hastig zusammen, dass sie sich schnitt. Zwischen ihren Fingern quoll Blut hervor.

✦ Erdnuss und Chamäleon

Kurz nach eins.

»Vielen Dank. Das war's für heute«, bedankte sich Mitsuki bei Maeda-san vom Fundus des Studio I förmlich und verbeugte sich.

»Haben Sie das Richtige g-gefunden?« fragte Maeda-san mit einem leichten Stottern.

»Leider nicht.«

»Das tut mir leid.«

»Verzeihen Sie bitte, dass ich immer außerhalb der Öffnungszeiten komme.«

»Das macht nichts. Hauptsache, der Film wird g-gut.«

Hauptsache, der Film wird gut? Mitsuki wiegte den Kopf.

Ob die Güte eines Films wirklich von der Güte der Requisiten abhing?

Das fragte sie sich nicht zum ersten Mal.

»Bis bald.«

»Schönen Feierabend. G-gute Nacht.«

Feierabend ist gut, dachte sie. An Schlaf war noch lange nicht zu denken.

Beim Verlassen des Fundus fiel ihr das rotleuchtende »On Air« über dem Studio D an der Nordseite ins Auge. *Siehst du,* sagte sie sich. *Du bist nicht die Einzige, die noch arbeitet.*

»Mein Tag ist auch noch nicht zu Ende«, sagte Regieassistent Mizushima, als Mitsuki zu ihm in die Garderobe trat. »Und? Fündig geworden?«
»Noch nicht.«
»Das hatte ich befürchtet … Und jetzt? Du hast nur noch bis heute mittag Zeit.«
»Das schaffe ich schon.«
»Sicher?«
»Das ist mein Job.«
Mitsuki kramte ihr Handy heraus. *In diesen Fällen war Matsui gefragt!* Hoffentlich habe ich Glück, betete sie innerlich.

✦

»Das müssen Sie *ihn* fragen, nicht so'n alten Knacker wie mich«, zog Matsui sie auf.
»Ihn? Wen?«
»Doktor Krähe natürlich.«
»Ach so …« erwiderte sie so dunkel, dass Matsui in den Rückspiegel sah.
»Ich war mir nicht sicher, ob ich Sie darauf ansprechen darf.«
»Wie bitte?«
»Ich meine, auf den Ring.«
»Ach so«, erwiderte Mitsuki. Ihre Stimme wurde leiser. »Der ist wirklich nicht zu übersehen …«
»Was heißt, nicht zu übersehen …« Die Ampel wurde rot. Matsui bremste und hielt an. »Der Ring ist eigentlich nicht das, was auffällt, nach meinem Dafürhalten jedenfalls nicht.

Es ist ein sehr schöner, teurer Ring. Was auffällt ist, dass er Sie stört.«
»Mich stört, dass er sich nicht wieder abziehen lässt.«
»Er lässt sich nicht wieder abziehen ...?« fragte Matsui. »Warum wollen Sie ihn denn abziehen?« hakte er vorsichtig nach.
Die Ampel wurde grün. Sanft setzte sich das nachthimmelblaue Taxi wieder in Bewegung und bog auf die Hauptstraße ab.
Das Studio I lag in einem Wohnviertel. Geschäfte oder Lokale gab es hier nicht. Obwohl Matsui die Gegend kannte – er hatte Mitsuki hier schon öfter abgeholt – und die Straßen wie leergefegt waren, musste er ständig das Navi konsultieren, um sich bei der spärlichen Straßenbeleuchtung nicht hoffnungslos zu verfahren.
»Weil Sie ... wie soll ich sagen ... noch *unentschieden* sind?«
»Was?«
Das Wort »unentschieden« kam so unerwartet, dass Mitsuki zusammenzuckte. *Aber nüchtern betrachtet war es wohl so.*
»Ich war nicht darauf vorbereitet. Ich dachte, die Entscheidung hätte noch Zeit.«
»Das kann ich verstehen.«
»Ach? Ich wusste gar nicht, dass Sie verheiratet sind.«
»Ich wollte nur sagen, Entscheidungen werden oft auf die lange Bank geschoben, nicht nur die, ob man heiraten soll oder nicht, sondern ganz allgemein.«
Mitsuki nickte. »Da mag was dran sein.«
Sie wandte ihren Blick von Matsuis Gesicht im Rückspiegel ab und sah nach draußen in die Dunkelheit.

»Aber«, sagte sie und blickte wieder gefasst in den Rückspiegel. »Davon abgesehen. Mich ärgert, dass er sich – physisch – nicht abziehen lässt.«
»Ach so«, sagte Matsui, »jetzt verstehe ich«, und unterdrückte ein Grinsen. »Typisch Mitsuki-san. Sie verlieren nicht gern.«
»Das ist wie mit einem Zauberwürfel. Der lässt mir solange keine Ruhe, bis ich ihn gelöst habe«, sagte sie und strich über den Ring. »Mich regt das auf, von einem Ring so ... herumgeschubst zu werden.«
»Hat alles seinen Grund«, schloss Matsui.
»So? Meinen Sie ...« sagte Mitsuki zweifelnd. »Entschuldigen Sie, dass ich nochmal frage, aber sind Sie nun verheiratet oder liiert?« fragte sie und beugte sich vor, um zu schauen, ob an einem der Finger, die das Lenkrad umklammerten, ein Ring prangte. Unter den weißen Handschuhen, die Matsui im Dienst immer trug, war allerdings nicht viel zu erkennen.
»Ach«, erwiderte Matsui und schüttelte den Kopf. »Fragen Sie lieber nicht ...« *Hat alles seinen Grund,* dachte er an seine eigenen Worte. »Da fällt mir ein ...« schoss ihm ein Gedanke durch den Kopf. »Kennen Sie einen Meisterdetektiv Palme?«
»Woher ... Woher wissen Sie das?«
»Woher weiß ich *was?*«
»Dass die Requisiten, die ich derzeit beschaffe, für den Palme sind? Wie haben Sie das herausgefunden?«
»Oh«, brummte Matsui. *Na, wenn das kein Zufall war!*
Vor ein paar Tagen hatte er – ein Nachttaxifahrer wohlgemerkt! – einen Mann befördert, der den Meisterdetektiv spielte, oder

den Meisterdetektiv höchstpersönlich, und jetzt fuhr er die Frau, die die Requisiten für den Film beschaffte. *Was für eine Überraschung!*
Papperlapapp, winkte eine andere innere Stimme ab.
Tokio ist kleiner, als man denkt. Darüber hatten sich seine Kollegen und er schon öfter unterhalten.
In dieser Stadt kreuzten sich alle möglichen Wege. Wenn Matsui eins durch seine Arbeit gelernt hatte, dann das: Die Wahrscheinlichkeit, sich in Tokio zu treffen, war ausgesprochen hoch.
›Unsinn‹, hatte ihm ein alter Freund einmal widersprochen. ›In Tokio sind mehr Leute unterwegs als in jeder anderen Stadt Japans. Die Wahrscheinlichkeit, sich zu treffen, ist also ausgesprochen gering!‹
Das war auch nicht ganz falsch.
Wenn man aber jeden neuen Kontakt als ein Netz von Kontakten betrachtete, sich eine Bekanntschaft also infektionsgleich ausbreitete, stiege die Wahrscheinlichkeit wieder.
›Selbst dann passiert es nur selten. Wir sind ja nicht auf dem Land‹, sagte sein Freund und setzte noch eins obendrauf: ›Also ich bin in Tokio praktisch noch nie einem Bekannten über den Weg gelaufen.‹
Aber Matsui wusste es besser. *Du hast es bloß nicht gemerkt,* dachte er.
In dieser Stadt liefen sich mehr Bekannte über den Weg, als man dachte.
Manchmal kamen sie einem auf der anderen Straßenseite

entgegen, manchmal sogar auf derselben, man merkte es nur nicht. Natürlich weil es voll war, aber selbst in Taxis passierten solche Zufälle.
Es gab zum Beispiel Fahrgäste, die Matsui schon öfter befördert hatte. Zufällig. Ohne Buchung. Fahrgäste, die irgendwo eingestiegen waren. Er erkannte sie an ihren Gesichtern, an ihren Stimmen, aber vor allem an den Häusern, vor denen er sie absetzte.
So ging es vielen seiner Kollegen. Den Fahrgästen hingegen entgingen diese Zufälle interessanterweise. Solange der Fahrer keinen seltenen Namen hatte oder über besondere Merkmale verfügte, erkannten sie ihn in der Regel nicht.
Irgendwo in seinem Herzen hegte Matsui deshalb die Hoffnung, dass *sie* irgendwann noch einmal bei ihm einsteigen würde ...
»Ja und?« riss ihn Mitsukis Stimme aus den Gedanken. »Was ist mit dem? Mit Meisterdetektiv Palme.«
»Nichts«, schüttelte er den Kopf, dann nickte er. »Ein Fahrgast hat ihn zufällig erwähnt.«
»Ach so. Der Film scheint wirklich gut anzukommen.«
»Müssen Sie heute auch wieder Requisiten für den Meisterdetektiv beschaffen?«
»Nein, heute geht es um einen anderen Film. Ich betreue ja verschiedene«, erwiderte Mitsuki, an ihrem Ring rupfend.
Das macht sie wahrscheinlich unbewusst, dachte Matsui.
»Und worum geht es in dem?«
»Um eine Reihe von Mädchen ...«

»Wie heißt er denn?«

»Die elf Marias.«

✦

»Und? Wie läuft's beim Dreh?« fragte Ayano ohne Umschweife.

»Ich sag dir«, erwiderte Haruka, rührte Zucker in ihren Kaffee und furchte die Stirn. »Du stehst die ganze Zeit unter Strom. Hast nicht einen Moment Ruhe, weil dir das Team vom *Making of* an den Hacken klebt.«

»Was ist denn das *Making of?*«

»Die Dokumentation zum Film. Ich nehme an, daraus schneiden sie Bonusmaterial für die DVD, die irgendwann produziert wird.«

»Wow. Dabei habt ihr noch nicht einmal euer Debüt gegeben ...«

»Gerade deshalb sind die Aufnahmen irgendwann mal bestimmt richtig was wert.«

»Ach so, verstehe.«

»De facto wird parallel *noch* ein Dokumentarfilm gedreht. Ein *Special* fürs Fernsehen, das zum Kinostart erscheint.«

»Da wird einem ja schon vom Zuhören schwindelig ...«

»Nicht wahr?!«

»Bald schwebst du in anderen Sphären.«

»Ach was!«

Die beiden Frauen saßen in einem alteingesessenen Café, in

dem sie sich zu Studienzeiten schon immer getroffen hatten.
»Und? Was ist los?« fragte Haruka nach diesem Vorgeplänkel.
»Was meinst du?« fragte Ayano mit gespielter Ruhe zurück.
»Na hör mal! Du weißt ganz genau, wie viel ich zu tun habe. Wenn nichts wäre, hättest du nicht angerufen.«
»Tut mir leid.«
»Man sieht's dir am Gesicht schon an …«
Erschrocken legte sich Ayano die Hände an die Wangen.
»Sag schon. Was ist passiert? Mir kannst du alles erzählen. Die Rolle der älteren Schwester ist mir zur zweiten Haut geworden. Ich bin von den elf nämlich die Älteste.«
Tatsächlich kam es Ayano so vor, als ob Haruka gut zwanzig Jahre älter geworden wäre.
»Na gut«, sagte Ayano und holte Luft. »Erinnerst du dich noch an den Mann, von dem ich dir mal erzählt habe? Tashiro …«
»Nein!« Harukas große Augen wurden noch größer. »Sag nicht, der spukt dir immer noch im Kopf herum. Vergiss den endlich. Das ist ein Betrüger, glaub mir, kein Zauberer oder was er da behauptet hat.«
»Ich weiß …« nickte Ayano. Harukas Verve hatte sie nichts entgegenzusetzen.
»Der Typ ist ein … wie heißen die noch mal? … *Chamäleon*. Der passt seine Farbe der Umgebung an.«
»Ein Chamäleon?«
»Genau. Der ist … wie soll ich sagen … aalglatt. Ich bin ihm doch mal begegnet, weißt du noch? Bei dir im Imbiss … Vielleicht sollte ich dir das gar nicht erzählen …«
»Du wolltest wissen, was das für einer ist.«

»Ach ja? Kann sein. Wie auch immer. Da hat er sich jedenfalls an mich rangemacht. *So* einer ist das. Einer von denen, die man besser mit Vorsicht genießt, um nicht zu sagen, überhaupt nicht genießt. Aber egal, schieß los, ich hör zu.«

»Du machst es mir nicht gerade leicht ...«

»Tut mir leid. Vergiss, was ich gerade gesagt habe.«

»Also gut ... hör zu«, sagte Ayano, »wir haben einen Stammgast, Herrn Matsui, der ist Taxifahrer ... « fuhr sie fort und sah sich unwillkürlich um. »Und der hat erzählt, er hätte Tashiro gefahren.«

»Ach? Und woher willst du wissen, dass es *dein* Tashiro war?«

»Hundertprozentig sicher bin ich natürlich nicht, aber laut Herrn Matsui sei er Schauspieler und früher unter dem Namen *Mighty Tashiro* als Zauberkünstler aufgetreten.«

»Stimmt, ich erinnere mich. *Mighty Tashiro* sei sein Künstlername, hat er behauptet, was ich ihm allerdings nicht abgenommen habe.«

»Kürzlich sei jedenfalls ein Film in die Kinos gekommen, in dem er die Hauptrolle spiele, einen Detektiv, hätte er gesagt, während der Fahrt aber durchblicken lassen, dass er in Wirklichkeit dieser Detektiv wäre.«

»Nie im Leben!«

»Bei mir hat es jedenfalls sofort Klick gemacht. Deswegen bin ich gleich zu Maruya.«

»Wer ist Maruya?«

»Die Videothek. In der Einkaufspassage. Ich hab mich auf unser Bistrorad geschwungen – dabei sind's bis zur Videothek nicht einmal zehn Minuten zu Fuß –, bin hingeflitzt, in

den Laden gestürzt und hab gefragt, ob sie den *Meisterdetektiv Palme* hätten.«
»Den *Palme?*«
»Den kennst du?«
»Du bist gut. Die Firma, die den Film dreht, in dem ich mitspiele, hat auch den *Palme* produziert.«
»Ach so?«
»*Natürlich* kenne ich den. Was man so hört, ein absoluter Kassenschlager. Im Moment wird jedenfalls die Fortsetzung gedreht.«
Ich wusste es, dachte Ayano. *Die schwebt in anderen Sphären.*
»Du hast wirklich keine Ahnung. Das ist *die* Produktionsfirma Japans.«
Ayano sank in sich zusammen.
Was mache ich bloß falsch?
Im Handumdrehen hatten es sowohl Tashiro als auch Haruka in eine so große Firma geschafft, spielten sogar in Kinofilmen mit … *Moment,* das stimmte gar nicht. Tashiro spielte den Meisterdetektiv Palme nicht, er war es!
»Der Palme sah ihm jedenfalls total ähnlich, dem Tashiro, meine ich«, sagte Ayano aufgeregt.
»Jetzt beruhig dich mal«, erwiderte Haruka und sah sie fest an. »Wir reden von einem Film. Und selbst wenn der Palme deinem Tashiro ähnlich sähe, hieße das gar nichts. Außerdem. Dass dein Tashiro Detektiv geworden ist, glaubst du doch wohl selbst nicht.«
»Doch. Das glaube ich. Herr Matsui war sich nicht sicher, ob er wirklich Detektiv ist, aber *ich* mir schon. Die Ähnlichkeit

zu Palme war verblüffend, aber Tashiro war es nicht, das steht fest. Was bedeutet, dass er Detektiv geworden ist. Und zwar ein weltberühmter.«

✦

»Was? Sagen Sie das nochmal.«

Mitsuki leckte sich die spröden Lippen und wiederholte: »Einen Erdnussknacker.«

Laut und deutlich.

»Keinen Nussknacker? Einen *Erd*nussknacker?«

»So ist es. Komisch, oder? Wenn möglich, ein etwas älteres Modell. Wäre ein wichtiges Requisit.«

»Moment«, sagte Matsui, der soeben einen Geistesblitz gehabt hatte. In Shimo-Kitazawa hätte er durch Zufall mal ein Gebrauchtwarengeschäft für Werkzeug entdeckt. Er wäre nach dem Absetzen eines Fahrgastes auf dem Rückweg zur Hauptstraße an einem Laden vorbeigekommen, der zu seiner Überraschung noch geöffnet gehabt hätte – *um drei Uhr morgens! Er hätte extra auf die Uhr gesehen!* –, hätte gebremst und geschaut, um was für ein Geschäft es sich handelt und – *siehe da!* – es wäre ein Gebrauchtwarengeschäft für Werkzeug gewesen.

»Da fahren wir hin!«

»Sehr wohl. Hoffentlich finde ich es gleich wieder.«

Unter dem freundlichen Blick des Mondes setzte sich das nachthimmelblaue Taxi in Bewegung.

✦

»Interessant. *Sehr* interessant«, murmelte Ibaragi hin und wieder zu sich selbst, unfähig, den Blick vom Mond zu nehmen, den er seit einer Weile betrachtete. Er brauchte vorne an der Röhre bloß an der Skala zu drehen und schon sah er durch das Glas nicht mehr einen, sondern zwei Monde. »Wunderbar!«

Er wusste nicht mehr, wie und wo ihm dieses Teleskop in die Hände gefallen war. Als er es gekauft hatte, hatte er nicht den blassesten Schimmer gehabt, was es war und wozu es diente, aber gerade das machte es wie geschaffen für sein Geschäft. Dieses Geschäft, das ursprünglich ein ganz normaler Laden für gebrauchtes Werkzeug hatte werden sollen und das er der Einfachheit »Ibaragi« getauft hatte, weil er zu faul gewesen war, sich einen hübschen Namen auszudenken, hatte sich zu einem die Marotten seines Besitzers widerspiegelnden Skurrilitätenkabinett entwickelt.

Ibaragi schlief am Tag und wachte in der Nacht. Abends um neun machte er auf und morgens um vier, wenn es draußen langsam hell wurde, schloss er gähnend die Tür.

Er war immer müde.

Sonne hatte er noch nie vertragen, schon als Kind nicht. Sobald sie herauskam, verkroch er sich an einen dunklen Ort und dämmerte vor sich hin. *Fledermauskrankheit,* nannte er das. Die Erfindung neuer Namen gehörte auch zu seiner Arbeit.

»Mondlichtverstärker«, murmelte er, den Blick noch in die Röhre gerichtet. *Jetzt hatte dieses komische Ding endlich einen Namen!* Er musste nur noch das Schildchen beschriften und sich einen Preis überlegen.

Jeder normale Mensch würde abwinken, *dieses Teleskop ist doch kaputt,* aber gerade das machte für Ibaragi seinen Reiz aus.

Er war überzeugt: *Aus jedem Ding, das kaputtgeht, entsteht etwas Neues.*

Alles, was zu einem besonderen Zweck hergestellt worden war, insbesondere das, was man gemeinhin als »Werkzeug« bezeichnete, musste, sobald es kaputtging, nicht mehr *dienen,* sondern wurde endlich *frei.*

Und diesen ihrer Pflichten entbundenen, freien Werkzeuge neue Namen zu geben, das war seine Aufgabe.

Anders ausgedrückt: Fast alle Dinge in seinem Geschäft waren kaputt.

Es gab einen »Füller mit unsichtbarer Tinte«, einen »Halben Hut«, ein »Heißluftmaschinengewehr«, einen »Lauwasserspender«.

Das ganze Geschäft war voller Dinge mit seltsamen Namen, und abgesehen davon, ob den Kunden bewusst war, dass es sich in der Mehrzahl um kaputtes Werkzeug handelte oder nicht, lag es nicht zuletzt an den ungewöhnlichen Geschäftszeiten, dass die Kundschaft beständig abnahm.

Dessen ungeachtet ging Ibaragi, zufrieden, dass er einen Namen für sein neues Produkt gefunden hatte, zurück in den Laden und setzte sich dorthin, wo er immer saß: an seinen

Arbeitstisch. *Wer soll jetzt noch kommen,* dachte er und vertiefte sich wieder in sein Buch.
Er brauchte nichts mehr zu tun. Nur noch lesen, bis ihm die Augen zufielen …
In dem Moment ging die Tür auf. Ibaragi hob den Blick. Im Eingang standen zwei Personen.
Ein Mann und eine Frau, kein Pärchen allerdings, dafür waren sie vom Alter her zu weit auseinander, nach Vater und Tochter sahen sie aber auch nicht aus … *Hm …*
Dass Ibaragi die beiden nicht gleich einordnen konnte, lag nicht zuletzt daran, dass es in seinem Geschäft ziemlich dunkel war. Immerhin fiel ihm auf, dass der Mann eine Art Taxiuniform trug, was ihn allerdings noch mehr verwirrte.
Stadtrundfahrten bei Nacht?! Was für ein seltsamer Service, den sich die Taxiunternehmen aus Mangel an Kundschaft hatten einfallen lassen – auch wenn *er* gerade der Richtige war, sich über seltsame Geschäftsideen zu wundern! Unter dem Motto ›Entdecken Sie Tokio bei Nacht‹ chauffierten sie ihre Gäste zu All-Night-Parks, All-Night-Stadien, All-Night-Restaurants oder All-Night-Geschäften. Dass ausgerechnet *er* es unter die ›Highlights der City-Sightseeing-Tour‹ schaffen würde, hätte er allerdings nicht gedacht!
So würde er den freundlichen Taxifahrer und seine vorzeitig gealterte junge Begleiterin jedenfalls einschätzen, wenn er sie »benamsen« müsste, dachte Ibaragi und nickte zufrieden.
Ohne etwas von dieser Einschätzung ahnend, standen Matsui und Mitsuki da, fasziniert von dem Werkzeug und den Schildchen daran.

»Entschuldigung«, meldete sich Mitsuki zu Wort.
»Ja bitte«, erwiderte Ibaragi auf die fröhliche Stimme. Er hatte sich geirrt. Die junge Frau war wahrscheinlich nicht vorzeitig gealtert, sondern bloß überarbeitet, korrigierte er seine erste Vermutung.
»Ich bin auf der Suche nach etwas ganz Bestimmtem ...«
»Nun«, erwiderte Ibaragi vorsichtig. »Ich will Sie nicht enttäuschen, aber ich weise darauf hin ...« – das sagte er zu allen Kunden, die »etwas Bestimmtes« suchten – »dass die Chancen, fündig zu werden, besser stehen, wenn Sie selbst suchen, anstatt mich suchen zu lassen ... Wissen Sie, was ich meine?«
»Sehr gut sogar!« erwiderte Mitsuki noch fröhlicher. »Wenn ich heute nicht berufsbedingt da wäre, hätte ich allerdings noch mehr Spaß.«
»Berufsbedingt?«
»Ja, ich suche etwas für einen Film, ein Requisit«, antwortete Mitsuki, die sich allmählich fragte, ob sie nicht in Wirklichkeit bei Matsui im Taxi saß und träumte, so surreal kam ihr dieses Geschäft vor, das zudem um diese Zeit noch geöffnet hatte.
Ibaragi war neugierig geworden. »Was suchen Sie denn?« fragte er entgegen seiner Gewohnheit. »Vielleicht kann ich Ihnen ja doch helfen.«
»Prima. – Es gibt doch Erdnüsse mit Schale ...«
»Die gibt es.«
»Und ich suche ein Gerät, mit dem man die Schalen knacken kann, eine Art Nussknacker für Erdnüsse.«
»Ach so, einen Erdnussknacker«, erwiderte Ibaragi, als wäre es das Natürlichste der Welt.

»So etwas gibt's?«
»Natürlich. Klein, mittel, groß. Welche Ausführung hätten Sie gerne?«

Die Fledermaus auf der Veranda

Die Zeiger zeigten eins.

Wenn sie nicht achtgab, würde ihre altersschwache Armbanduhr bald wieder fünf Minuten nachgehen; trotzdem konnte Moriizumi sich nicht dazu durchringen, sie durch eine neue zu ersetzen.

Nicht, dass es einen bestimmten Grund dafür gäbe, sie zu behalten – *schön wär's!* Den könnte man entkräften und wäre *befreit*. Aber *nein*, bei Dingen, an denen man grundlos hing, war nichts zu machen.

Sie vergewisserte sich mit einem Blick auf die Karte, dass sie vor der richtigen Wohnung stand, und klingelte. Es war Punkt eins.

Um diese Zeit durfte man sich nicht vertun!

Seit sie damit warb, auch »nachts zu kommen«, baten interessanterweise mehr als die Hälfte ihrer Kunden um eine Nachtabholung. Frauen allerdings nur selten. Weswegen Moriizumi heute besonders auf der Hut war.

Hinter der Tür regte sich etwas. Es dauerte einen Moment, dann wurde entriegelt.

Sie hatte die Stimme der Kundin noch im Ohr. ›Da bin ich ja beruhigt‹, hatte Frau Fukada – so hieß die Dame – auf

Moriizumis telefonische Ankündigung, sie selbst käme zur Abholung, fröhlich erwidert.

»Sie sind es wirklich«, sagte dieselbe Stimme jetzt durch den zehn Zentimeter breiten Spalt zwischen Rahmen und Tür. Ein Paar Augen musterten sie. Aus zehn wurden dreißig Zentimeter, dann ging die Tür ganz auf. »Bitte«, bat Frau Fukada sie herein.

Anständig, ordnungsliebend, leicht introvertiert, schloss Moriizumi nach einem Blick auf die im Eingang säuberlich aufgereihten unscheinbaren Pumps und Lederschuhe.

Menschen, die ihre Telefone entsorgen lassen, ließen sich grob in zwei Gruppen teilen: Solche, die das Gerät als solches beziehungsweise als Kommunikationsmittel ablehnten – die hatten meistens einen regelrechten Hass auf ihr Telefon; ›bloß weg damit‹, sagten sie, wenn es abgeholt wurde, als handelte es sich um einen bösen Geist, nicht um ein Gerät – und solche, die, ganz im Gegenteil, aus den verschiedensten Gründen sehr daran hingen, zum Beispiel, weil es sie an jemanden erinnerte, mit dem sie immer telefoniert hatten, oder weil ihnen das Gerät als solches ans Herz gewachsen war, obwohl sie ihre Telefonate neuerdings übers Handy oder den Computer erledigten.

Emi Fukada, hatte Moriizumi den Eindruck, gehörte zur zweiten Gruppe. Mit ihrem Telefon waren Erinnerungen verbunden. Wahrscheinlich hatte sie lange mit sich gekämpft, bevor sie einen Entsorger wie Moriizumi bestellte, weil sie es nicht übers Herz brachte, es selbst wegzuwerfen.

»Da ist es«, sagte Frau Fukada und wies in eine Ecke des

Zimmers. *So jung ist sie gar nicht mehr,* stellte Moriizumi im Schein der Neonlampe angesichts der feinen Linien in dem erschöpften Gesicht fest. »Dieses Telefon ... das ist es.«

Hier war Takt gefragt. Das sah man schon an der Art, wie Frau Fukada es in die Hände nahm. Manche Leute bekamen einen Schreikrampf, wenn Moriizumi das Kabel einfach aus der Wand riss, oder machten einen Rückzieher: ›Nein, warten Sie, ich hab's mir anders überlegt. Ich möchte es doch behalten.‹ Deshalb streifte sie sich ein Paar weiße Handschuhe über, löste das Gerät so vorsichtig aus der Wand, als handelte es sich um einen Edelstein, und verstaute es in dem Stoffbeutel, den sie eigens dafür mitgebracht hatte. »Sie können sich auf mich verlassen«, sagte sie – ganz die Bestatterin – und verabschiedete sich.

»Warten Sie«, hielt Frau Fukada sie – sichtlich bewegt von so viel Umsicht – zurück. »Darf ich Sie zu einer Tasse Tee einladen?«

Unter normalen Umständen würde Moriizumi dankend ablehnen, aber Frau Fukadas »Bitte. Nur einen Moment ...« hatte so flehentlich geklungen, dass sie es nicht übers Herz brachte, nein zu sagen, und beschloss, eine Ausnahme zu machen.

»Eine Tasse«, erwiderte sie.

Was das wohl hieß? ›Nur einen Moment ...‹ fragte sie sich. *Ich brauche noch einen Moment, um mich von meinem Telefon zu verabschieden?* Oder: *Bleiben Sie noch einen Moment,* an sie, Moriizumi, gerichtet?

Das Wohnzimmer – ein Raum mit Kochnische – wirkte bedrückend eng. Außer einem niedrigen Heiztisch ohne Decke, dem einzigen tischähnlichen Mobiliar, gab es einen Schrank, ein paar Regale und einen Wandschrank.

Moriizumi streifte die Handschuhe ab und kniete sich an den Heiztisch.

»Brauchen Sie kein Telefon mehr?« fragte sie. *Standardfrage.*

»Ich habe jetzt ein Handy«, erwiderte Frau Fukada. *Standardantwort.*

Dass Menschen so lange zögerten, ihr Telefon zu entsorgen, obwohl sie das Festnetz nicht mehr brauchten, lag in vielen Fällen daran, dass sie an ihren Nummern hingen.

Es gab vielleicht jemanden, zu dem sie Kontakt gehabt hatten, bevor sie sich ein Handy zulegten. Dieser Jemand kannte nur ihre Festnetznummer.

Der Kontakt ist im Moment eingeschlafen, aber wer weiß, irgendwann ruft er vielleicht wieder an.

Aus diesem Grund behielten viele Leute ihren Festnetzanschluss.

Wenn ich jetzt das Telefon weggebe, ist die letzte Verbindung gekappt …

Zu dieser Sorte gehörte auch Frau Fukada. Da war sich Moriizumi ziemlich, wenn auch nicht hundertprozentig sicher. Persönliche Fragen vermied sie allerdings nach Möglichkeit. Erstens konnte sie sich ihren Teil denken, und zweitens wüsste sie – ungeschickt, wie sie war – nicht, wie sie auf die Antwort reagieren sollte.

Allerdings nutzten nicht wenige Leute die Gelegenheit »einer Tasse Tee«, ihr von sich aus die Umstände zu erklären. In diesen Fällen – *was soll's?* – hatte sie sich vorgenommen, mit einem unverbindlichen ›Tut mir leid‹ zu reagieren.

Aber Frau Fukada war anders.

Sie stellte Moriizumi eine Tasse Tee hin und sagte: »Die Fledermaus auf der Veranda …«

»Wie bitte?« fragte Moriizumi entgeistert zurück. »Haben Sie gerade ›Fledermaus‹ gesagt?«

»Ja«, erwiderte Frau Fukada und sah zum Fenster an der Stirnseite. Die Vorhänge waren zugezogen. Dahinter befand sich anscheinend eine Veranda.

Unschlüssig, wie sie reagieren sollte, starrte Moriizumi auf die Vorhänge, bis ihr das Schweigen unangenehm wurde.

»Tut mir leid«, sagte sie ihr Sprüchlein auf.

»Jetzt ist sie auch da.«

Frau Fukada saß stocksteif da und starrte so unverwandt auf die Vorhänge, dass selbst Moriizumi meinte, dahinter eine Fledermaus zu erkennen.

Sie hing kopfüber am Vordach und schlief. Oder *gab vor* zu schlafen und beobachtete sie.

Wenn das ein alter, europäischer Balkon wäre, wäre die Fledermaus ein Vampir oder der Diener eines Vampirs und sie beide »frische Beute« …

Aber wenn sie nicht alles täuschte, hatte Frau Fukada eben gelächelt, als sie von der Fledermaus sprach. *Als hätte sie nur darauf gewartet,* dachte Moriizumi. Im nächsten Moment verwandelte sich die Fledermaus auf der Veranda in einen feschen, jungen Mann in einem schwarzen Anzug …

Er würde gerne noch einmal neu anfangen, aber es fällt ihm schwer, das zu sagen.

Der Frau im Zimmer ging es ähnlich. Sonst hätte sie das Telefon nicht so lange behalten. Irgendwann, so ihre heimliche Hoffnung, würde er zu ihr zurückkommen.

Und da war *er!*

Hatte sich von Telegrafenmast zu Telegrafenmast geschwungen, um am Ende auf ihrer Veranda zu landen.

Aber – zu spät.

Des langen Wartens müde, hatte die Frau beschlossen, die Verbindung zu kappen und dem »Wir entsorgen Ihr Telefon. Anruf genügt!«-Flyer, der in ihrem Briefkasten gelegen hatte, zu folgen.

Der junge Mann hing – im wahrsten Sinne des Wortes – in der Luft.

Nur noch ein *Schritt –* ein *letzter Schritt, aber das Zimmer war wie mit einem Bannkreis umzogen, und just in diesem Augenblick wurde auch noch die Telefonverbindung gekappt … der Traum, wieder mit ihr zusammenzukommen … zerplatzt …*

Moriizumi schüttelte den Kopf, um ihrer Phantasie Einhalt zu gebieten. »Sie brauchen es wirklich es nicht mehr?« vergewisserte sie sich.

»Nein«, erwiderte Emi Fukada. »Ich brauche es nicht mehr.«

Eine Weile herrschte wieder Schweigen im Zimmer.

»Ich muss dann …« sagte Moriizumi. Sie hatte kaum ausgesprochen, als Frau Fukada fortfuhr: »Ich … Ich arbeite im Kaufhaus.«

»Aha«, erwiderte Moriizumi, die sich schon halb erhoben hatte, und setzte sich wieder hin. »Sie sind Verkäuferin?«

»Nein. Aufzugfräulein.«

»Ach«, erwiderte Moriizumi in ihrer Not. Am liebsten hätte sie gesagt: *Na und?*

»Aber ich überlege, aufzuhören.«

»Verstehe.«

»Alles hat seine Zeit ...«

»Ach«, sagte Moriizumi wieder. *Was sollte sie sonst sagen?* Wahrscheinlich gab es eine Altersgrenze. Es hieß ja Aufzug*fräulein*, nicht Aufzug*dame.*

»Nicht, dass ich zu alt dafür wäre ...«

»Natürlich nicht«, erwiderte Moriizumi und ertappte sich bei einem Grinsen.

»Aber der Hut steht mir nicht mehr.«

»Bitte?«

»Ein Aufzugfräulein lebt von seinem Hut. Ohne Hut ist es nichts. Der Hut macht alles wett. Den Mangel an jugendlicher Frische, das welke Lächeln. Umgekehrt gesagt: Ohne den Hut würde mich niemand für ein Aufzugfräulein halten.«

»Nein?«

»Sogar er ...« sagte sie und warf – *zufällig?* – einen Blick zum Fenster. »Sogar er fand ihn hübsch ...«

»Sie denken an jemand Bestimmtes ...?«

»Ja. Er rief hin und wieder an.«

Wusst ich's doch! hätte Moriizumi fast triumphierend gelächelt, unterdrückte den Impuls aber sofort. Dies war definitiv eine Situation, in der man *nicht* lachte!

»Er war nicht mehr der Jüngste, wissen Sie ...«

Hmm.

»Inzwischen ist er tot.«

Ach so!

»Trotzdem ruft er hin und wieder an.«

Was??

Wie gruselig Menschen werden können, dachte Moriizumi trotz des kalten Schauers, der ihr über den Rücken lief, erstaunt.

»Das tut mir leid«, brachte sie mit Mühe und Not heraus. Etwas anderes fiel ihr nicht ein. Am besten, sie verschwand so schnell wie möglich.

»Also dann«, sagte sie, den Beutel mit dem Telefon an die Brust gedrückt, »der nächste Termin wartet«, und eilte, ohne Frau Fukada oder den Vorhang noch mit einem Blick zu bedenken, zum Eingang. Kaum war sie in ihre Schuhe geschlüpft und hatte die Hand an den Türknauf gelegt, spürte sie hinter sich eine Bewegung.

»Ihr Geld.«

Moriizumi drehte sich um. Frau Fukada stand unmittelbar hinter ihr und hielt ihr einen fahlweißen Umschlag hin.

»Vielen Dank«, sagte Moriizumi und zwang sich zu einem Lächeln, obwohl sie der Frau den Umschlag am liebsten aus der Hand gerissen und fluchtartig die Wohnung verlassen hätte. Stattdessen trat sie betont gelassen aus der Tür.

Bloß nicht umdrehen! Schön geradeaus gehen, immer geradeaus, bis zum Auto, zum Glück – zum Glück? – *lag ihr schwarzes Kostüm noch im Auto, das Kostüm, das sie anzog, wenn sie bei ihren Eltern im Bestattungsunternehmen aushalf, da hatte sie noch Salz in der Tasche, damit würde sie sich rituell reinigen, und dann alles vergessen …*

Das Telefon im Arm kam ihr plötzlich kalt und schwer vor.

✦

»Sind Sie sicher?« fragte Matsui, bevor er losfuhr, vorsichtshalber noch einmal nach.

»Tja …« erwiderte Mitsuki, wie erwartet, unschlüssig. »Um ehrlich zu sein: Ich habe nicht die geringste Ahnung, was dem Regisseur vorschwebt, falls ihm überhaupt etwas vorschwebt. Ich bin mir de facto nicht einmal sicher, dass es so etwas wie einen ›Erdnussknacker‹ gibt.«

»Das da sieht für mich jedenfalls wie eine Spitzzange aus.«

»Ja«, gab Mitsuki unumwunden zu. »Für mich auch. Um nicht zu sagen: Das *ist* eine Spitzzange. Aber …«

»Ich weiß. Der junge Mann war aufrichtig. ›*Ich* habe es Erdnussknacker getauft!‹ hat er gesagt, sogar mehrfach.«

»Jetzt klangen Sie genau wie er! … Sein Ton hat mich schwach gemacht …«

»›Die Leute sagen vielleicht etwas anderes.‹«

»Ja«, antwortete Mitsuki genauso fest wie im Geschäft. »Aber was die Leute sagen, spielt keine Rolle. Wenn es jemand Erdnussknacker tauft, ist es ein Erdnussknacker.«

»So ist es«, pflichtete Matsui ihr bei. »Solange niemand weiß, wie ein Erdnussknacker aussieht, kann auch niemand behaupten, dass es keiner sei.«

Ach so, murmelte er einen Moment später. *Wer nicht weiß, wie Palme aussieht, kann natürlich nicht behaupten, dass er es ist. Aber vielleicht war er der Einzige, der nicht wusste, wie er*

aussah, und alle anderen wussten es? Nein, nicht vielleicht, bestimmt sogar!
Mitsuki, zum Beispiel, war aus der Branche. Sie wusste vielleicht nicht, wie ein Erdnussknacker aussah, aber Detektiv Palme, wie der *aussah, das wusste sie bestimmt!*
»Um nochmal auf unser Gespräch von vorhin zurückzukommen«, sagte Matsui. »Darf ich Sie fragen, wie Meisterdetektiv Palme aussieht?«
»Wie er *aussieht?*« fragte Mitsuki verdutzt zurück. »Welchen von beiden meinen Sie denn?« fügte sie hinzu, während sie ihr Smartphone wieder aktivierte.
»Nun ja …« Diesmal war Matsui verdutzt. »Ähm … den Schauspieler, bitte.«
Mitsuki hatte sein Zögern genutzt, um im Netz nach einem Foto zu suchen, vergrößerte es und zeigte es Matsui. »So sieht er aus«, sagte sie. »Neuling. Offenbar wollte man jemanden, der dem echten Palme möglichst ähnlich sieht. Er heißt … Moment … ach ja, Tetsuo Serikawa. Genau. Wenn mich nicht alles täuscht, ist das sein erster Film.«
Matsui warf einen Blick auf das Bild. »Nein«, sagte er und schüttelte den Kopf. »Das ist nicht der Mann, der in meinem Taxi saß.« Missmutig spitzte er die Lippen. Mitsuki suchte ein anderes Bild heraus. »Der hier vielleicht?« fragte sie und zeigte ihm ein Foto von Shuro, dem »echten Palme«.
»Das ist er!« erwiderte Matsui. »Hundertprozentig!«

✦

»Hmm«, murmelte Kanako Fuyuki, während sie die Fotos von Meisterdetektiv Palme, dem echten und seinem Darsteller, auf ihrem Bildschirm begutachtete. »Nicht übel«, befand sie.

»Was machst du da?« lugte ihr Kollege Shinichi Goto um die Ecke. »Attraktive Männer anzuschauen mag ja ganz nett sein, aber ich gehe jetzt, übernimmst du?«

»Ja, ja«, erwiderte Kanako seltsam heiter. Sie wechselte von ihrem Schreibtisch an ihren Arbeitsplatz, Helpdesk No. 25, legte ihre Utensilien zurecht – kleine Wasserflasche, Handy, Brille, Notizblock, Kugelschreiber – und setzte sich das Headset auf. »Kann losgehen«, sagte sie in die Nacht.

Daraufhin schneiten die Anrufe nur so herein.

Wenn sie im Gastgewerbe wäre, würde man sagen, ›der Laden brummte‹. Aber Kanako wurde nicht nach der Zahl der Anrufer oder der Dauer der Telefonate bezahlt. Von vielen Anrufen konnte sie sich »nichts kaufen«, auch wenn sie in dieser Nacht ihren persönlichen Rekord brach, was so viel hieß, dass die »Probleme« schnell gelöst und die Gespräche dementsprechend kurz waren. In den meisten Fällen ging es nur um Banales, um Fragen, wo man um diese Zeit noch Aquarellfarbe kaufen könne und dergleichen. Manchmal hatte sie es selbstredend auch mit Anrufern zu tun, bei denen sie gar nicht wusste, worum es eigentlich ging, beziehungsweise was ihm oder ihr auf der Seele lag. Doch heute ging es nur um das Übliche – Laufbahnberatung und Liebeskummer –, so dass Kanako, beschwingt durch ihre gute Laune, schon zwei Stunden durchgehend telefonierte.

So langsam könnte ich eine kleine Kaffeepause einlegen, hatte sie gerade überlegt, als ihr über das Headset das Schluchzen einer Frau ans Ohr drang.

»Telefonseelsorge Tokio Null Drei. Wie kann ich Ihnen helfen?«

Schluchzen.

»Was ist passiert?«

»Entschuldigung ...« schniefte die Frau. Dann raschelte ein Taschentuch.

»Lassen Sie sich Zeit«, sagte Kanako so ruhig wie möglich, wie zu sich selbst. »Wie heißen Sie? Beziehungsweise, wie darf ich Sie nennen? Es muss nicht Ihr richtiger Name sein.«

»Eiko«, sagte die Frau nach einer kleinen Pause. Ihre Stimme klang belegt.

›A-ko‹ – Frau A – notierte Kanako auf ihrem Block. So schnell, wie die Anruferin reagiert hatte, könnte es aber auch ihr richtiger Name sein, Eiko.

Viele Leute gaben ihren richtigen Namen an. *Mich sieht ja keiner,* dachten sie vielleicht, *und ein zweites Mal rufe ich nicht an, also was soll's, warum soll ich nicht meinen richtigen Namen nennen?* Bei einem falschen, ›Frau B‹ oder ›Sally‹ zum Beispiel, hatten viele wohl das Gefühl, es ginge nicht mehr um sie, sondern um eine dritte Person.

»Es geht nicht«, brach Frau A schließlich das Schweigen. »Aber ich darf mir nichts anmerken lassen«, fügte sie nach einer kleinen Pause leise hinzu, »ich muss mich verstellen.«

So fingen viele Gespräche an, auch wenn Kanako noch nicht wusste, um welche Art von Beziehung es in diesem Fall ging,

Eltern-Kind, Freund-Freundin, Ehemann-Ehefrau. Den Satz ›Ich habe es satt, mich zu verstellen‹ hatte sie jedenfalls schon oft gehört.

»Wem gegenüber?« fragte sie zunächst behutsam. »Wem gegenüber dürfen Sie sich nichts anmerken lassen?«

»Allen.«

»Allen?«

»Keine kann mit der anderen.«

»Keine? Von wie vielen Personen sprechen Sie?«

»Von elf. Elf Mädchen.«

Mädchen? Weil die Frau, die sich gerade ein wenig gefangen zu haben schien, wieder anfing zu weinen, hatte Kanako Mühe, ihr Alter zu schätzen. Schwer zu sagen, ob auch sie zu diesen *Mädchen* gehörte.

»Was für Mädchen?« fragte sie nach kurzem Überlegen direkt.

»Wir sind auserwählt worden.«

Kanako hob die Brauen. Dass jemand behauptete, er sei »der Auserwählte« oder sich beschwerte, dass nichts wunschgemäß verlaufe, obwohl er doch »der Auserwählte« sei, passierte ihr nicht zum ersten Mal. In den meisten Fällen stellte sich im Laufe des Gesprächs allerdings heraus, dass er sich selbst »auserwählt« hatte und nicht »auserwählt worden« war.

»Auserwählt?«

»Beim Casting. Für einen Film.«

Kanako stützte die Hände auf den Schreibtisch und lehnte sich vor: »Sie sind Schauspielerin?«

»Nein, für mich war es das erste Casting. Im Gegensatz zu

einigen der anderen habe ich noch keine Schauspielerfahrung, das ist vielleicht der Grund für die … wie soll ich sagen … *Unstimmigkeit.*«

Eloquenter als ich dachte.

Kanako machte aus dem Dreieck auf ihrem Notizblock einen Kreis. Kreis bedeutete »spricht fließend«, Dreieck »durchschnittlich« und Kreuz »nicht zu verstehen«.

»Sie und zehn weitere Mädchen haben ein Casting ›bestanden‹«, fasste sie zusammen, »aber sie verstehen sich nicht.«

»So ist es.«

»Sie tun aber so, als verstünden sie sich …«

»Alle tun so, glaube ich, nicht nur ich.«

»Wann war denn das Casting?«

»Vor einem Monat.«

»Und jetzt? Drehen Sie schon?«

»Nein, im Moment sind wir noch in der Vorbereitung, in Workshops.«

»Und da läuft es schlecht?«

»Nein, *da* läuft es gut, *da* sind alle motiviert, aber sobald wir wieder im Wohnheim sind …«

»Im Wohnheim? Sie wohnen in einem Wohnheim?«

»Ja, wir wohnen unter einem Dach …«

Ach so, dachte Kanako und machte sich schnell eine entsprechende Notiz. Das machte die Sache nicht einfach, aber um einiges klarer.

»Wie habe ich mir das vorzustellen? Sind Sie jetzt auch im Wohnheim?«

»Ja.«

»Sie sind also nicht allein …?«

»Doch. Ich bin auf meinem Zimmer.«

»Sie haben alle ein eigenes Zimmer?«

»Ja. Die meisten von uns kommen vom Land.«

Verstehe, verstehe, nickte Kanako beim Mitschreiben.

»Gibt es Erwachsene in dem Haus? Oder sind Sie allein?«

»Es gibt eine Hausmutter, wenn Sie das meinen.«

»Und sonst?«

»Sonst niemanden.«

»Aha. Und wer in Ihrer Gruppe hat das Sagen? Gibt es eine Art *Anführerin?*«

»Nein, wir wären alle gleichberechtigt, wurde uns gesagt.«

»Von wem?«

»Vom Regisseur, vom Produzenten, vom Manager … am Set sind mehrere Erwachsene.«

»Am Set?«

»Im Studio. Im Moment pendeln wir täglich zwischen Wohnheim und Studio, in zwei Wochen ist Drehbeginn, aber ich weiß nicht … Wenn das so weitergeht, hören bestimmt welche auf … Ich halte das, glaube ich, auch nicht durch.«

»Verstehe«, sagte Kanako und überflog mit verschränkten Armen ihre Notizen. »Und die Hausmutter? Sie sagten, es gäbe eine Hausmutter …«

»Ja. Sie macht sauber, kocht für uns …«

»Sie essen zusammen?«

»Ja. Es gibt einen Speisesaal, und da essen wir gemeinsam.«

Das ist es, dachte Kanako. Sie hatte eine Idee. »An *einem* Tisch?«

»Ja. Wieso?«
»Wie wäre es, wenn Sie nach dem Essen mal alle miteinander sprächen?«
»Nach dem Essen geht jede sofort auf ihr Zimmer.«
»Sie könnten sie doch bitten zu bleiben ...«
»Nein. Ich gehöre zu den Jüngeren, außerdem sind die anderen sehr eigenständig, und sie betrachten sich gegenseitig als Konkurrentinnen.«
»Das mag sein«, beharrte Kanako. »Aber ein Gespräch ist das Beste, und dafür muss jemand die Initiative ergreifen.«
»Das stimmt.«
»Fassen Sie sich ein Herz und versuchen Sie es.«
Mehr konnte sie nicht raten. Wenn keines der elf Mädchen, die sicher all ihre eigenen Gedanken und Vorstellungen hatten, sich dazu durchrang, die Führung zu übernehmen, käme man zu keiner Lösung.
Schweigen.
»Gut, ich versuche es«, sagte Frau A schließlich.
Na also, dachte Kanako erleichtert, was nur so viel hieß, dass sie das Telefonat beenden konnte, nicht, dass das Problem gelöst war. Das typische Dilemma. Die Erleichterung währte also nur kurz.
Ob ihr das geholfen hat? murmelte sie vor sich hin, nachdem sie aufgelegt hatte. Noch bevor sie ausgesprochen hatte, drang ihr schon die nächste Stimme ans Ohr.

✦ Die Nacht, in der es Federn regnete

Die Uhr zeigte kurz nach eins.

»Eiko?« fragte ein Schatten hinter der Milchglastür mit der Aufschrift BAD.

Haruka, dachte Eiko erleichtert und trat ein.

Für Eiko war Haruka die einzige, mit der sie offen sprechen konnte. Haruka war die Älteste von allen, was sie aber niemanden spüren ließ. Sie war allen gegenüber höflich und erledigte klaglos auch das, was niemand erledigen wollte.

Zum Beispiel den Badputz.

Das Bad sollte eigentlich der Reihe nach von allen geputzt werden, aber über kurz oder lang war diese Aufgabe an Haruka hängengeblieben.

Für's Saubermachen, hatte Eiko gedacht, wäre die Hausmutter zuständig. Aber die hatte es im Kreuz, weswegen Haruka bestimmt hatte, dass sie, also die Mädchen selbst, den Badputz erledigten.

Das hatte Eiko vor zwei Wochen erfahren, und seitdem schlich sie ab und zu am Bad vorbei, um Haruka zu helfen.

»Du musst mir nicht helfen. Geh lieber ins Bett, morgen müssen wir früh raus.«

»Warum putzen wir nicht nach Plan?«

»Weil es bestimmt welche gibt, die sagen, dass sie nur duschen

und das Bad gar nicht benutzen. Und wenn sie es nicht benutzen, wäre es ja nicht fair, sie es putzen zu lassen.«
»Das stimmt«, sagte Eiko, aber Haruka die ganze Arbeit zu überlassen, fand sie auch nicht fair.
Wenn so der allgemeine Frieden gewahrt werden konnte, schien Haruka das Putzen allerdings gern in Kauf zu nehmen. Streiten könne sie überhaupt nicht gut, auch Konflikte zwischen anderen Leuten täten ihr in der Seele weh.
Abgesehen davon hätte es auch einen Vorteil, das Bad zu putzen ... Wenn sie die Wanne geschrubbt und gespült hätte, lasse sie frisches Wasser ein und setze sich als erste hinein. Diesen Luxus, dächte sie immer, hätte sie sich verdient!
»Oder nicht?« fragte sie, nachdem sie Eiko ihr »kleines Geheimnis« offenbart hatte.
»Natürlich!« erwiderte diese leicht indigniert. »Darüber kann sich ja wohl niemand beschweren! So wie es hier aussieht!«
Obwohl die Mädchen bis hin zu ihrer Gestik auf alles achteten, hielten manche es aus unerfindlichen Gründen offenbar nicht für nötig, das Bad so zu hinterlassen, wie sie es vorgefunden hatten.
Bei denen, die sich lieber »gemütlich in die Wanne« legten anstatt im Zimmer zu duschen, lag es eindeutig an der Veranlagung, dass sie Seifen- und Schaumreste nicht wegspülten und angebrochene Spülung- oder Badesalztütchen einfach liegenließen.
Natürlich waren nicht alle so rücksichtslos. Zumindest in der »Duschfraktion« – das hoffte Eiko wenigstens –, gab es welche, die besser achtgaben.

Obwohl sie und Haruka grundsätzlich zur Duschfraktion gehörten, wussten sie ein Bad zwischendurch durchaus zu schätzen.

»Nimm doch ein Bad, Eiko-chan. Wenn du willst, lasse ich dir frisches Wasser ein. Ich dusche oben.«

»Soll ich?«

»Na klar. Die meisten sind bestimmt schon fertig und im Bett. Morgen geht's früh los. Regeln, wer wann darf, haben wir außerdem nicht.«

Warum nicht, dachte Eiko. *Heute lege ich mich gemütlich ins Bad.*

So groß, dass man sich *gemütlich* hineinlegen konnte, war die Wanne natürlich nicht. Und Platz für zwei bot sie erst recht nicht, weswegen die badewilligen Mädchen die Reihenfolge in der Regel ausknobelten. Weil Eiko das zu lästig war, hatte sie in den vergangenen zwei Wochen praktisch nur geduscht.

»Na gut, dann nehme ich das Angebot gerne an.«

»Aber anschließend saubermachen, ja?«

»Natürlich.«

»Dann gute Nacht.«

»Gute Nacht.«

Eiko wartete, bis Harukas Schritte verklungen waren, und trat in den Flur.

Auf dieser, der ersten Etage befanden sich außer dem BAD der Speisesaal, das Zimmer der Hausmutter und die Klassenräume. Wenn die Hausmutter nicht da war – einmal pro Woche fuhr sie nach Hause – war sie leer.

Eiko spitzte die Ohren. Das Gebäude war in Stille versunken.

Selbst wenn *jemand sie hörte, würde er denken, dass es Haruka wäre, die um diese Zeit noch badete, und sich sicher nicht beschweren.*

Erst dieser Gedanke ließ sie aufatmen. Sie zog sich aus, stellte sich unter die Dusche und ließ sich anschließend genüsslich in die Badewanne gleiten. Das Wasser hatte die perfekte Temperatur! *Wie Haruka das bloß macht,* dachte Eiko mit an Ehrfurcht grenzender Bewunderung.

Wohlig seufzend sah sie zur Decke.

Sie hatte das Casting »bestanden«, weswegen sie nun mit den anderen in einem Wohnheim wohnte, aber darüber durfte sie sich nicht beschweren. Jede hatte ihr eigenes Zimmer, das Essen wurde in einem großen Speisesaal serviert, und sie konnte, wenn auch zu genau festgelegten Zeiten, dreimal am Tag nach Herzenslust essen.

›Wenn du dich darüber beschwerst, trifft dich irgendwann der Schlag‹, hatte ihre Oma gesagt.

Eiko schloss die Augen.

Ihre Großmutter war vor etwa einem Monat in einer mehrere Dutzend Kilometer von ihrem Elternhaus entfernten Universitätsklinik gestorben. Im Gegensatz zu Eiko war sie mit sich im Reinen gewesen, hatte sich durch nichts aus der Ruhe bringen lassen.

›Als ich jung war, wollte ich Schauspielerin werden‹, hatte sie ihr flüsternd gestanden, als sie vor Eikos Abreise nach Tokio in der Küche zusammen *Gyoza* zubereiteten.

Kurze Zeit später verschlechterte sich ihr Gesundheitszustand. ›Lange dauert es nicht mehr‹, hatte ihre Mutter mit zugeschnürter Kehle am Telefon gesagt. Eiko hatte sofort zurück nach Hause fahren wollen, aber so lange sie den eng getakteten Plan auch anstarrte, eine Lücke fand sich nicht.

Wie ihre Großmutter letztlich gestorben war, erfuhr sie von ihrer Mutter. Das meiste war von der Watte in ihrem Kopf verschluckt worden, aber an eines konnte sie sich lebhaft erinnern.

Am Tag vor ihrem Tod hätte die Oma plötzlich eine Cola trinken wollen. Da sie aber direkt danach ins Koma gefallen sei, hätte die Flasche, die jemand eilig besorgt hatte, ungeöffnet am Kopfende ihres Bettes gestanden.

›Ich wusste gar nicht mehr, dass Cola so schwarz ist‹, hatte ihre Mutter leise gesagt.

✦

»Das tut mir leid«, sagte Maeda und sah sie bedauernd an. »Der Regisseur war also nicht zufrieden.«

»Leider nicht. Das ist doch eine Spitzzange, hat er gesagt. Und das stimmt ja auch«, sagte Mitsuki und lachte. Erleichtert stimmte Maeda ein.

»G-gibt's denn überhaupt so einen ... einen ...«

»Erdnussknacker?«

»G-genau. Gibt es so etwas?«

»Offenbar schon. Der Regisseur hat ihn mir aufgezeichnet. Vor zig Jahren, damals sei er noch Regieassistent gewesen, hätten sie ihn für einen Film gebraucht und anschließend in den Fundus gebracht. Ich habe mir sogar den Film angesehen.«

»Und?«

»Nichts. Jedenfalls kein Erdnussknacker.«

»Dann hat er ihn wohl g-geträumt.«

»Wahrscheinlich.«

»Jetzt haben Sie ein Problem.«

»Jetzt habe ich ein Problem.«

»In solchen Fällen hilft nur ein Drink«, sagte Maeda, verschwand im Büro und kam so schnell mit einem geeisten Glas zurück, dass Mitsuki keine Zeit hatte, sich zu fragen, seit wann er einen Kühlschrank hatte.

Das Glas war so kalt, dass es weiß schien. Schon das sah verlockend aus.

»Man sieht es mir nicht an«, sagte Maeda. *Täuschte sie sich, oder hatte er die Schultern gestrafft?* »Aber ich war früher Barkeeper, auf der Ginza, in einem der etwas exklusiveren Etablissements.«

»Was Sie nicht sagen!«

»Dort haben sie mich abgeworben ...«

Mit »sie« meinte er die Produktionsfirma, deren Name auch Mitsukis Visitenkarten zierte.

»Ach was! Als Schauspieler?«

Maeda lächelte gequält.

»Sie werden das nicht wissen, aber neben der Kantine g-gab es früher eine Lounge mit einer kleinen Bar. Das waren noch Zeiten, sag ich Ihnen! Jeden Abend G-gäste ... Ich hatte alle Hände voll zu tun. ›Wie gut, dass Sie jetzt hier sind, Maeda-san‹, hieß es immer, ›dann muss man für einen Drink nicht extra zur G-ginza fahren‹.«

»Das wusste ich wirklich nicht.«
»Highballs und Whisky-Cola waren am beliebtesten. Schicke Cocktails konnte ich nicht anbieten …«
»*Whisky-Cola,* das hab ich ewig nicht mehr gehört. Cola mit einem Schuss Whisky, oder?«
»Im Prinzip ja, aber so wie Sie das sagen, klingt es nach einem Kindercocktail. Wenn Sie mich fragen, g-gibt es kein praktischeres und köstlicheres Getränk als Whisky-Cola.«
Schon das vergleichsweise steife Wort »Getränk«, das Maeda anstelle von »Drink« benutzte, ließ Mitsuki das Wasser im Munde zusammenlaufen. Unwillkürlich leckte sie sich die Lippen.
»Möchten Sie einen?« fragte Maeda und verschwand wieder zum Kühlschrank. Diesmal kam er mit einer ebenfalls geeisten kleinen Flasche Whisky und einer normal großen Flasche Cola zurück, die er auf der Durchreiche postierte.
»Das muss aber unter uns bleiben«, sagte er. »Das sind meine Privatbestände.«
Die Zubereitung war einfach.
Maeda bestückte das geeiste Glas mit frisch gebrochenem Eis und rührte. Nachdem er sich vergewissert hatte, dass das kalte Glas nicht zu kalt war, um daraus zu trinken, schüttete er das Eis aus und gab einen Schuss beinahe sämig gefrorenen Whisky hinein. Füllte mit der doppelten Menge Cola auf, rührte um und …
Verkündete in Barkeeper-Manier: »Fertig.«
Mitsuki vertrug eigentlich keinen Alkohol. Schon ein halbes Glas Bier brachte ihren Kreislauf durcheinander. Erst wurde

sie lustig und lebhaft, dann plötzlich so blass und kurzatmig, dass sie sich hinlegen musste. Deswegen trank sie eigentlich nichts. Aber diesen Whisky-Cola zu verschmähen, dachte sie, das würde sie ihr ganzes Leben bereuen.

Und tatsächlich! Sobald sie ihn an die Lippen gesetzt hatte, ärgerte sie sich, dass sie dieses »Getränk« nicht schon viel früher kennengelernt hatte und freute sich gleichzeitig, dass sie es von nun an hoffentlich häufiger würde genießen können.

»Herrlich« sagte sie, dankbar, dass es dieses praktische Wort gab. Anders hätte sie ihre Gefühle nicht in Worte zu fassen vermocht.

Doch wie hieß es so schön in Filmkunstkreisen? ›Hüte dich vor dem Wort *herrlich*.‹ Es sei zu einem bloßen Symbol verkommen, ein Loch, das die eigenen Eindrücke, Gedanken und Gefühle verschlucke. *Dabei käme es auf die doch an!* Jeder, der in irgendeiner Form mit Kunst zu tun habe, solle sich deshalb hüten, es zu oft in den Mund zu nehmen, predigten die älteren Kollegen.

Nach Mitsukis Erfahrung ließ sich allerdings durchaus nicht alles in Worte fassen, im Gegenteil, manchmal hatte sie das Gefühl, dass Eindrücke, Gedanken und Gefühle zerredet wurden.

In diesen Fällen setzte sie sich über das »Diktum« der Kollegen hinweg und sprach voller Inbrunst von »herrlichen Blumen«, »einem herrlichen Profil« oder eben einem »herrlichen Getränk«.

»Das schmeckt so gut, dass einem ganz schwindlig wird.«

Maeda nickte zufrieden – *Hab ich's nicht gesagt?!* – und nippte an dem Whisky-Cola, den er für sich selbst zubereitet hatte. Erschrocken verzog er das Gesicht. »Davon wird einem ja wirklich g-ganz schwindlig.«

»Man könnte fast meinen, die Welt hätte angefangen zu schwanken …«

✦

Hatte sie die Erschütterung gemerkt, bevor das Wasser Wellen schlug, oder war es genau umgekehrt gewesen?

Erschrocken setzte Eiko sich auf und sah zur Decke. Dann zurück aufs Wasser.

Wellen – eindeutig!

Im nächsten Moment gab es einen Stoß, der die Wanne förmlich beben ließ. Wasser schwappte über.

Was war das?

Erst das Klirren der Fensterscheiben machte ihr bewusst, dass es ein Erdbeben war.

Ein großes?

Oder doch nicht so groß?

Schutzlos, wie sie sich in ihrer Nacktheit fühlte, konnte sie es nicht sagen. Da, wo sie herkam, bebte es nur äußerst selten. Sie versuchte aufzustehen, aber es gelang ihr nicht. Die Hand um den Beckenrand gekrallt, starrte sie entgeistert auf das wogende Wasser.

Das Ganze dauerte schätzungsweise dreißig Sekunden.

Eiko kamen sie wie eine Ewigkeit vor, wahrscheinlich, weil das Wasser sich erst wieder beruhigte, als das Beben längst vorbei war.

Ich muss mir wenigstens was anziehen, dachte sie, riss sich zusammen, stand auf und taumelte in den Umkleideraum. Wie in Trance trocknete sie sich ab und zog sich an. Draußen waren Stimmen zu hören.

»Alles in Ordnung?«

»Ist jemand verletzt?«

Eiko hastete in den dunklen Flur. Im Speisesaal brannte Licht. Wie magisch angezogen ging sie darauf zu.

Alle waren da.

»Eiko-chan! Gott sei Dank«, sagte Haruka, kam auf sie zu und nahm sie in den Arm. »Bist du okay?«

»Ich habe mich furchtbar erschrocken.«

»Das kann ich mir vorstellen ...«

»In der Wanne habe ich erst gar nicht gemerkt, dass es ein Erdbeben ist.«

»Ach so ... stimmt, du warst ja im Bad. Mensch, dein Haar ist noch ganz nass!« sagte sie und hängte ihr das Handtuch, das sie um den Hals getragen hatte, über den Kopf.

Dankbar für die flauschige Wärme sah Eiko sich um.

Sawa-chan, Mizuho-san, Nanami-san ... alle da. Die Erleichterung schnürte ihr die Kehle zu.

»Sind alle da?« fragte jemand.

»Ja«, antwortete jemand anders.

Die Mädchen nickten sich – eine nach der anderen – wie zur Bestätigung zu.

»Gott sei Dank!«
»Anscheinend ist niemand verletzt.«
»Hat ganz schön gebebt.«
»Das kannst du laut sagen!«
Da die meisten schon im Bett gewesen waren, standen sie in Schlafanzug oder Jogginghose da, ungeschminkt, die Haare zerzaust. Einige hielten sich an den Händen gefasst.
Was für ein Anblick!
Dass die Mädchen sich aus Solidarität an den Händen hielten und nicht, weil es das Drehbuch so verlangte, sah Eiko zum ersten Mal.
»Ist es vorbei?«
»Schwer zu sagen … Es gibt vielleicht noch Nachbeben.«
»Das eben war Stärke 5«, las eine von ihrem Smartphone ab.
»Epizentrum Tokio.«
»In Tokio bebt es wirklich oft.«
»So ein starkes Erdbeben habe ich zum ersten Mal erlebt.«
»Hätte der Wohnheimalarm nicht losgehen müssen?«
»Der geht bloß los, wenn's brennt, glaube ich.«
Eine nach der anderen setzte sich aufatmend an den Tisch, bevor sie ihrer Familie per Mail oder Telefon Entwarnung gab. Auch Eiko hatte ihrer Mutter eine Nachricht geschickt, aber die lag wahrscheinlich schon im Bett. Eine Antwort kam jedenfalls nicht.
»Sind die Erdbeben in Tokio immer so stark?«
Jemand stand auf und ging zum Fenster. »Draußen ist es so ruhig, als wäre gar nichts passiert.«
»Dann sind die das bestimmt gewöhnt.«

»Ich könnte mich nicht daran gewöhnen.«
»Ich auch nicht.«
»Mir ist sogar meine Batman-Figur aus dem Regal gefallen!«
»Bist du ein Batman-Fan, Saki-chan?«
»Und ob. Batman ist mein Held!«
»Echt? Meiner auch!«
Eiko war verblüfft. So lebhaft hatten sich die Mädchen im Speisesaal noch nie unterhalten.
›Ein Gespräch ist das Beste‹, fiel ihr ein, hatte die Frau von der Telefonseelsorge gesagt. ›Zum Beispiel nach dem Essen.‹
»Hört mal …« Kaum hatte sie kurzentschlossen angesetzt, wurde sie von einem überraschten »Da!« schon wieder unterbrochen. Im nächsten Moment grummelte und bebte es erneut.
»Noch eins?«
»Bestimmt ein Nachbeben.«
Überraschenderweise hatte niemand aufgeschrien. Oder war in Panik ausgebrochen. Hier und da hatte man ein Schlucken gehört, doch niemand war aufgesprungen, alle waren sitzengeblieben und griffen wie auf Kommando nach rechts und links.
Ein Ring aus Händen formte sich um den Tisch.

✦

»Moment«, sagte Maeda und warf einen Blick an die Decke. »Das ist nicht der Drink, das ist ein Erdbeben«, konstatierte er nüchtern.

»Meinen Sie?« fragte Mitsuki trunken.

Wie ein Tier, das Witterung aufnimmt, hob Maeda den Kopf, kniff die Augen zusammen und sagte: »Und zwar ein recht starkes.«

Der Fundus bestand aus zwei Etagen, war hier und da aber offen, und die Film-Bauten stapelten sich zum Teil recht hoch. Obwohl es gefährlich werden konnte, wenn einer dieser Stapel einstürzte, war jeder Spalt und jede Ritze so vollgestopft, dass man sich alles, aber *kein* Erdbeben wünschte.

Doch das nützte nichts.

Maeda blieb nichts anderes übrig, als zu beten, dass der »Wackelkandidat«, der Turm, von dem er glaubte, dass er einstürzen könne, halten möge. Aber das tat er leider nicht.

Dann ging alles ganz schnell.

Mit ohrenbetäubendem Lärm krachte ein Regal ins nächste, wie beim Domino.

Auf einen Schlag war Mitsuki wieder nüchtern, stellte rasch ihr Glas ab, drehte sich um und schlug sich die Hände vors Gesicht, um sich gegen das zu wappnen, was der ehemalige Fundusverwalter »die graue Lawine« zu nennen gepflegt hatte. Trotzdem musste sie heftig husten. Die Hand vor dem Mund sah sie zu Maeda. Maeda war bis zu den Wimpern mit feinem, grauem Staub überzogen.

Das Beben hatte fürs Erste nachgelassen.

Hustend versuchte Maeda, den Lichtschalter zu erreichen, um die Lampen wieder einzuschalten, kam aber nicht durch. Als er notgedrungen mit dem erstbesten Bühnenscheinwerfer, der ihm in die Hände fiel, in die Richtung leuchtete, aus der »die graue Lawine« herangerollt war, sah man ein einziges, weißes Gewirbel.

»Mein Gott, ist das ein Staub!« sagte Mitsuki. Ihre Stimme hinter der vorgehaltenen Hand klang gedämpft.

»Das ist kein Staub«, erwiderte Maeda, »sehen Sie mal!« Er wedelte mit dem Scheinwerfer. »Das sind Federn. Eine von den Sicherheitsmatten, die die Stuntmen benutzen, ist kaputtgegangen.«

Kleine weiße Federn tanzten durch den Fundus und sanken wie in Zeitlupe zu Boden. Dahinter sah Mitsuki etwas schimmern.

Das kommt mir irgendwie bekannt vor ... dachte sie.

Die Ähnlichkeit mit der Skizze des Regisseurs war unverkennbar.

✦ Zwei Monde

Kurz nach eins, stellte sie mit einem Blick auf die Uhr fest. Genau vierundzwanzig Stunden nach dem Erdbeben klopfte Mitsuki, den unerwarteten Fund an die Brust gepresst, an die Bürotür des Regisseurs.

»Tut mir leid, dass ich Sie immer so herumscheuche«, entschuldigte er sich, wie immer, wenn er Mitsuki sah. Dabei war er derjenige, der wirklich viel zu tun hatte. Der Schlafmangel war ihm an den eingefallenen Wangen deutlich anzusehen. »Sie hätten den Erdnussknacker gefunden, habe ich gehört.«

»Genau«, erwiderte Mitsuki, holte einen in Luftpolsterfolie gewickelten Gegenstand aus ihrer Schultertasche und hielt ihn dem Regisseur hin. »Er kam hinter den Regalen zum Vorschein, die bei dem Erdbeben gestern eingestürzt sind.«

Der Regisseur riss die Folie auseinander, förderte den Erdnussknacker zutage und sagte: »Das ist er.« Die Ergriffenheit in seiner Stimme war nicht zu überhören.

›Nein, nein, ein Erdnussknacker sieht ganz anders aus‹, hatte er gesagt, als sie ihm ein paar Tage zuvor die Spitzzange präsentiert hatte, doch der Erdnussknacker, der ihr im Fundus per Zufall in die Hände gefallen war, sah de facto genauso aus. Vorne vielleicht nicht ganz so spitz. Vielmehr so breit, dass eine Erdnuss dazwischenpasste. Man könnte das Ding also durchaus für einen Erdnussknacker halten. Man müsste nicht, aber man könnte.

»Den habe ich geschenkt bekommen, zum Andenken an eine Reise.«

»Eine Reise?«

»Noch zu Studienzeiten.«

»Und Sie sind sich sicher, dass er in dem Film, den Sie erwähnten, zu sehen ist?« fragte Mitsuki spitzbübisch.

»Hundertprozentig.«

»Ich habe ihn mir heute nämlich noch einmal angesehen und konnte ihn beim besten Willen nicht entdecken.«

»Doch, doch, er taucht auf, nur kurz, eine Sekunde, maximal zwei. Trotzdem hat mich das überglücklich gemacht.«

»Warum, wenn ich fragen darf?«

»Weil er eine Reminiszenz ist, an meinen ersten Film, ich hab meinen ersten Film noch zu Studienzeiten gedreht. Da steckt, wie soll ich sagen, *Seele* drin.«

»Seele?« Verständnislos runzelte Mitsuki die Stirn.

Der Regisseur begann zu erzählen, als hätte man auf VORLAUF gedrückt.

»Mit dem Film habe ich mein Debüt gegeben. Ich hatte einen Freund in Amerika, zufällig, der hatte mich eingeladen, in seine Heimat, nach Georgia. Unglaublich weites Land, von New York aus gesehen ganz weit im Süden ...« Er war gar nicht mehr zu bremsen. »Daher der Titel, *Südhund*. Ursprünglich hatte ich gar nicht vor, einen Film zu drehen, ich wollte bloß meine Reise dokumentieren, doch da ich gefilmt habe, hört man mich zwar, aber man sieht mich nicht, man sieht stattdessen meinen Freund, der in Georgia geboren und aufgewachsen ist – ein Bild von einem Mann, absolut fotogen –, der Film war also von Anfang an praktisch dokumentarisch …«

»Verstehe«, quetschte Mitsuki heraus.

»Alle Leute vor Ort sahen gut aus, was natürlich nichts nützt, wenn der Bildausschnitt nicht stimmt, jedenfalls war gerade Erdnussernte, es gab unheimlich viel zu tun, ich habe auch mit Hand angelegt, wir luden die Nüsse auf einen Laster und fuhren zur Fabrik. Die Fahrt dauerte fast die ganze Nacht, die Fabrik war ein gutes Stück entfernt, und ich habe die ganze Zeit gefilmt. Die ganze Zeit …«

Der Regisseur brach ab und schloss die Augen.

»Und dann ein *bumm,* nein, eher ein richtiges *kawumm,* als hätte jemand mit voller Wucht gegen den Laster getreten, naja, was heißt Laster, so groß war der Wagen nicht, bei dem klang alles ungeheuer laut, selbst Fahrtwind oder Steinschlag, jedenfalls gab es dieses *kawumm,* so laut wie ein Schuss. Ich hätte mir vor Angst fast in die Hose gemacht. *Wahrscheinlich ist uns ein Hund vors Auto gelaufen,* sagte mein Freund. Durchaus möglich, dachte ich, nach der Wucht und der Lautstärke des Aufpralls zu urteilen. Und was für einer! Das Tier war fast so groß wie ein Wolf, ein Streuner offenbar, kein Haustier …«

Der Regisseur machte die Augen wieder auf.

»Ich hatte jedenfalls alles gefilmt, und ausgerechnet diese Szene wurde zum Höhepunkt des Films. Der arme Hund! *Ich* hatte ihn zwar nicht angefahren, aber ausgerechnet sein Tod begründete meine Karriere, das tat mir irgendwie leid …«

»Das verstehe ich«, sagte Mitsuki, die inzwischen gebannt zuhörte.

»Deswegen habe ich den Film *Südhund* betitelt. Ich habe ihn sogar im Nachspann erwähnt. ›An dich, Hund: Dieser Film ist dir gewidmet.‹ Aber das genügte mir nicht …«

Der Regisseur strich über den Erdnussknacker, als streichelte er den Kopf des Hundes.

»Deswegen beschloss ich, wenn ich jemals professionell einen Film drehen sollte, darin zur Erinnerung an den Hund ein Zeichen zu setzen. Und dieses Zeichen, das sollte der Erdnussknacker sein, den die Leute in Georgia mir geschenkt hatten. Der sollte irgendwo auftauchen. Unauffällig natürlich, ohne dass der Regisseur etwas merkt – damals war ich noch Regieassistent; ich sprach also mit der Beschafferin, wenn ich mich nicht täusche, war Yama-chan damals für die Requisiten zuständig, und bat sie, ihn so zu positionieren, dass er einmal kurz ins Bild käme, und das hat geklappt. Aber jetzt, wo ich selbst Regisseur bin und nicht mehr nur *Low-budget*-Produktionen drehe, wollte ich den Erdnussknacker unbedingt mal an prominenter Stelle präsentieren, nicht am Rand, so wie damals. Und dieser Film, dachte ich, ist *die* Gelegenheit dafür. Ich durchsuchte also meinen Spind, aber da war er nicht. *Nun,* dachte ich, *dann wird Yama-chan ihn zusammen mit den anderen Requisiten in den Fundus gebracht haben,* da habe ich zu Beginn der Dreharbeiten dann auch einmal flüchtig gesucht, aber ohne Erfolg …«

»Weswegen Sie mich auf die Suche geschickt haben …«

»So ist es. Letztendlich hätte es auch ein anderer sein können

– eigentlich nicht natürlich, *un*eigentlich schon –, so ein Dreh ist ein Wettlauf gegen die Zeit, da ist kein Platz für Sentimentalitäten, aber ich bin froh, dass Sie ihn gefunden haben und ich *keinen* anderen nehmen muss«, sagte der Regisseur und atmete auf. Mitsuki tat es ihm unwillkürlich gleich.

»Zum Gedenken an den Hund.« Er beugte sich vor und senkte die Stimme. »De facto habe ich keine Ahnung, wie man damit Erdnüsse knackt. Es sieht aus wie eine Spitzzange.«

»Finde ich auch.«

»Die haben mich wahrscheinlich auf den Arm genommen. Ich habe nie jemanden damit eine Erdnuss knacken sehen, das haben die immer mit der Hand gemacht. Für mich ist und bleibt es jedenfalls eine Erinnerung. Und eins weiß ich sicher ... In dem Ding steckt die Seele jenes Hundes. Deshalb soll es in den Film. Für diesen Hund.«

Erinnerung, Seele ... dachte Mitsuki. *Das hab ich doch schon mal gehört. Aber wann und wo?*

Grübelnd verließ sie das Büro und ging den Gang hinunter. Ehe sie sich versah, hatten sie ihre Füße wie selbstverständlich zum Fundus getragen.

Stimmt, fiel ihr ein, *ich muss mich noch bei Maeda-san bedanken.*

✦

»Ich bitte Sie. Wenn sich einer bedanken muss, dann ich. Sie haben mich an die g-guten alten Zeiten erinnert, so genüsslich, wie Sie Ihren Whisky-Cola getrunken haben«, sagte Maeda lächelnd.

»Die *guten* alten Zeiten? Sie denken also gerne daran zurück?« fragte Mitsuki.
»Hm ...« Maeda dachte einen Moment nach. »Wahrscheinlich ja«, antwortete er schließlich und nickte.
»Heißt das, dass die Zeiten heute weniger gut sind?«
»Nicht unbedingt. Ich fühle mich im Fundus wohl ... hier g-gibt es alles, manchmal fühle ich mich wie der Hüter der Welt. Nur ...« Er hörte auf zu lächeln und hob eine Braue. »Nur ... wie soll ich sagen ... mir fehlt der Kontakt. Ich mag Menschen ... sonst hätte ich nicht mein Leben lang irgendwo in einem Winkel der Stadt als Barkeeper gearbeitet. Es hat mir g-gefallen. Abend für Abend mit Leuten zusammenzukommen, Leuten, die man eigentlich gar nicht kennt, ihnen zuzuhören, das war schön, das fehlt mir.«
»Aber dann machen Sie das doch wieder«, rutschte es Mitsuki heraus.
»Was *das?*«
»Werden Sie wieder Barkeeper.«
»Bitte?« Maeda schien seinen Ohren nicht zu trauen. »Das habe ich längst aufgegeben.«
»Ja?«
»Ja.«
»Für mich klang das eher so, als hätten Sie sich Ihrem Schicksal ergeben.«
»Wie dem auch sei, für eine Bar bin ich mittlerweile zu alt.«
»Ach ja? Ein junger, hübscher Kerl, der einem den Drink mixt, hat auch was, das gebe ich zu, aber es geht doch nichts über

einen soignierten älteren Herrn wie Sie hinter dem Tresen, Maeda-san.«

»Wirklich?«

»Also, *ich* wäre bei Ihnen Stammgast«, erwiderte Mitsuki insgeheim amüsiert. Da sie keinen Alkohol vertrug, würde sie natürlich *kein* Stammgast. Der Whisky-Cola, den Maeda ihr tags zuvor kredenzt hatte, war allerdings wirklich *nicht von dieser Welt* gewesen. Wie man aus so banalen Zutaten ein dermaßen köstliches Getränk zaubern konnte, war ihr ein Rätsel.

»Es geht doch nichts über einen Profi«, sagte sie, woraufhin Maeda das Kinn hob und die Augen schloss.

»Meinen Sie?«

»Meine ich.«

»Ja, wenn Sie das meinen …«

✦

Der nächste Tag.

Da sie den gesuchten Erdnussknacker gefunden hatte, konnte sich Mitsuki ohne schlechtes Gewissen einen Tag freinehmen und auf den Weg zu IBARAGI machen, dem Gebrauchtwarenladen für Werkzeug in Shimo-Kitazawa, dem sie neulich einen kurzen Besuch abgestattet hatte. Die Spitzzange war zwar nicht auf Gegenliebe gestoßen, aber sie wollte sich trotzdem noch einmal dafür bedanken.

Nein, das war bloß ein Vorwand. Sie wollte *nur so* noch einmal in dieses kuriose Geschäft, unabhängig von ihrer Arbeit.

Auf der Visitenkarte, die ihr der Inhaber in die Hand gedrückt hatte, stand TÄGLICH AB 21.00 UHR. Doch offenbar hatte das Geschäft bereits jetzt schon auf, um zwanzig vor neun – Mitsuki hatte es kaum erwarten können und war viel zu früh losgefahren. Drinnen war es nicht besonders hell, aber das Schild draußen leuchtete schon.

Sie trat ein. Wie bei ihrem letzten Besuch saß der Inhaber, Herr Ibaragi, weiter hinten im Raum und sagte nichts. *So, wie er sich die Augen rieb, könnte man meinen, er sei müde ...*

»Guten Abend«, sagte Mitsuki.

»Sie sind's«, erwiderte er. Trotz seiner Schläfrigkeit hatte er sie erkannt.

Immerhin, dachte sie. *Aber was war das?* Sobald sich ihre Augen an das Dunkel gewöhnt hatten, fiel ihr der weiße Verband an seinem rechten Daumen auf. Die Hand ruhte auf dem Tisch.

»Entschuldigung«, sagte Ibaragi und senkte aus unerfindlichen Gründen den Kopf.

»Nicht doch, ich bitte Sie«, erwiderte Mitsuki. *Was sollte sie sonst sagen?*

»Was ist passiert?« fühlte sie sich bemüßigt zu fragen, nachdem er sich ohne Not entschuldigt hatte.

»Sehnenscheidenentzündung«, antwortete Ibaragi verdrossen. »Habe ich *dem* da zu verdanken«, sagte er und deutete auf das kleine Teleskop, das auf seinem Schreibtisch lag, »meinem Neuzugang. Ich habe es ›Mondlichtverstärker‹ getauft. Einmal angefangen, konnte ich einfach nicht mehr aufzuhören zu polieren. Und das hab ich jetzt davon.«

»Sie Ärmster.«
»Verzeihung, aber wie war Ihr Name noch mal? Sie haben mir Ihre Karte dagelassen, ich erinnere mich, dass Sie Requisiteurin bei einer Produktionsfirma sind, aber ...«
»Sawatari. Ich heiße Mitsuki Sawatari.«
»*Mitsuki* ... das ist aber ein schöner Name. Ich darf Sie doch so nennen, oder?«
Mitsuki fühlte sich überrumpelt, aber nach dem Lob konnte sie schlecht nein sagen. »Wenn Sie mit mir vorlieb nehmen wollen«, stammelte sie zusammenhanglos und wurde rot. Verlegen schlug sie die Augen nieder.
»Wie machen *Sie* das, Mitsuki-san, wenn ich fragen darf«, nahm er die Gelegenheit gleich wahr, »wie verarzten Sie Ihre gute Hand, wenn Sie sich verletzen, wie bringen Sie Salbe auf oder ein Pflaster, das heißt, wohnen Sie überhaupt allein?«
»Ja.«
»Verstehe. In meinem Fall ist es, wie Sie sehen, kein Pflaster, sondern eine Kompresse, aber ich wohne auch allein, und meine *linke* Hand ist überhaupt nicht zu gebrauchen. Ich bin der Rechtshänder schlechthin.«
»Verstehe«, erwiderte Mitsuki und hätte fast gelacht. ›Der Rechtshänder schlechthin.‹ *Was sollte das denn heißen?*
»Ich lobe mich nur ungern selbst, aber mit rechts bin ich wirklich außerordentlich geschickt. Bloß mit links ... mit links kann ich gar nichts. Nicht einmal eine Kompresse anlegen. Sie können sich nicht vorstellen, wie ich mich verrenken musste, um dieses Ding anzulegen. Ich darf gar nicht daran denken!«

»Verstehe«, sagte Mitsuki, die das Lachen nicht länger unterdrücken konnte. *Was für ein schräger Typ!*

»Ewigkeiten hat das gedauert. Bestimmt dreißig Minuten. Hat mir wieder einmal vor Augen geführt, wie wichtig meine Rechte ist, für mich und mein Geschäft. Wenn ich nur noch meine Linke habe, bewegt sich mein Leben in Zeitlupe.«

»Ja«, erwiderte Mitsuki höflich, ohne noch richtig folgen zu können.

»Alles *dauert*. Deswegen bin ich heute eine halbe Stunde eher gekommen, habe – mit *links!* –, das Rollgitter hochgeschoben, dies und das vorbereitet und war wider Erwarten so schnell fertig, dass ich eine halbe Stunde früher aufgemacht habe. Dafür bin ich aber auch eine halbe Stunde früher aufgestanden und jetzt *besonders* müde, eigentlich bin ich immer müde, ich habe nämlich die Fledermauskrankheit, aber heute ganz besonders, weil mir diese halbe Stunde fehlt.«

»Das sieht man.«

»Ja?« fragte Ibaragi und kratzte sich am Kopf. »Nun ja. Ich arbeite zwar bloß in Zeitlupe, aber dafür ist der ›Mondlichtverstärker‹ jetzt verkaufsbereit. Poliert und justiert.«

»Was macht man damit?« fragte Mitsuki auf gut Glück.

»Sehen Sie selbst«, erwiderte Ibaragi und gab ihr, um seine rechte Hand zu schonen, mit der Linken das Gerät.

Mitsuki drückte das rechte Auge ans Okular. Alles, was sie sah, war verschwommene Finsternis.

»Sie sehen nichts, stimmt's?« stellte Ibaragi fest. »Sie müssen nach draußen gehen. Das ist ein Gerät, um den Mond zu betrachten. Erst wenn man es in den Nachthimmel richtet, sieht man was. Heute ist es wohl bewölkt, wie ich eben festgestellt habe, hier ist vom Mond jedenfalls nichts zu sehen.«

Hier? war Mitsuki versucht zu sticheln, aber Ibaragi war so ernsthaft bei der Sache, dass sie sich die Bemerkung verkniff.

»Aber wenn man ihn sieht, dann gibt es nichts Besseres als dieses Gerät. Sie richten es in den Himmel, schauen durch – etwa so, sehen Sie? – und dann sehen Sie zwei Monde. Mit bloßem Auge sehen Sie bloß einen, aber mit diesem Gerät – mit *diesem* Gerät sehen Sie zwei! Zwei! Ist das nicht großartig?«

Was? hätte sie am liebsten gefragt, diesmal nicht gehässig, sondern perplex. *Man muss doch bloß scharfstellen. Wenn man nicht scharfstellt, sieht man alles doppelt …*

»Wissen Sie, was das bedeutet, Mitsuki-san? Dass dieser Planet, diese Stadt, ja vielleicht wir selbst, *doppelt* existieren.«

Wohl kaum, hätte Mitsuki gerne entgegnet, *aber das wäre taktlos. Meinte der das wirklich ernst? Oder versuchte er bloß, seinen Krempel aufzuwerten? Etwas anderes war es schließlich nicht.* Sie wusste es nicht. Und doch faszinierte sie die Sache irgendwie.

»Nehmen wir an, dass genau in diesem Moment auf diesem zweiten Planeten, in dieser zweiten Stadt, ein zweites Ich existiert, das keine Sehnenscheidenentzündung hat und nicht an der Fledermauskrankheit leidet. Es lebt vielleicht nicht nur bei Nacht, sondern gesund und munter durch den Tag. Mit dem Mondlichtverstärker hat das zwar nichts zu tun, aber ich glaube, so sieht unsere Welt in Wirklichkeit aus.«

Sein »genau in diesem Moment« ließ es irgendwo bei Mitsuki klingeln. *Das habe ich doch schon mal gehört. Aber wo …?*

Mit dem »Gedenken« und der »Seele«, die der Regisseur tags zuvor ins Spiel gebracht hatte, war es ihr auch schon so gegangen.

Ich weiß!

Spürte Mitsuki ihre Gedanken auf einen bestimmten Punkt zulaufen. Gleichzeitig dämmerte ihr, warum Ibaragi bei der Frage, ob sie alleine lebe, so auf ihre Hand geschielt hatte …

Verschämt versuchte sie, den Ring zu verbergen.

✦

Ganz am westlichen Rand des am westlichen Rand Tokios gelegenen Stadtviertels T gab es ein kleines Kino namens DAS DRITTE CINEMA HOUSE.

Davor stand Shuro, blickte zum mondlosen Himmel auf und rang sich ein Lächeln ab.

Jetzt bin ich endgültig verrückt geworden …

Er sah auf die Uhr. Es war 21.00 Uhr.

Bis Vorstellungsbeginn war noch Zeit. Die Karte hatte er bereits gekauft. Mehr gab es nicht zu tun. Da ihm nichts Besseres einfiel, sah er sich im Schein der Straßenlaterne die Broschüre an, die ihm zusammen mit der Eintrittskarte ausgehändigt worden war.

Der Film hieß *Der verschwundene Mann*. Shuro kannte weder den Regisseur noch die Hauptdarstellerin. Vor einem halben Jahrhundert gedreht, sei der Film »bestenfalls eingefleischten Cineasten ein Begriff« stand in der Broschüre. Es sei sogar möglich, dass dieser »jungfräuliche« Film, den man im

Archiv gefunden habe, nicht nur in diesem Kino, sondern landesweit zum ersten Mal gezeigt werde. Man habe ihn nach Fertigstellung womöglich auf Eis legen müssen, aus welchen Gründen auch immer. Wie er ausgerechnet in diesem Archiv gelandet sei, würde noch untersucht.

Diese verrückten Details interessierten Shuro allerdings nicht. Er wollte wissen, ob sein Vater tatsächlich den Chefarzt der Tierklinik spielte, die zweite Hauptrolle.

Auf den Film war er per Zufall gestoßen – er hatte zum Spaß den Namen seines Vaters in die Suchmaschine eingegeben –, und als er sah, dass der Film gerade lief, fackelte er nicht lange. Soweit er wusste, gab es keinen zweiten Schauspieler mit dem Namen seines Vaters. Wenn die Informationen stimmten, müsste er mit von der Partie sein.

Die Broschüre war ein liebloses Ding aus acht läppischen Seiten, ein wenig größer nur als ein Notizbuch. Die Einführung zum Film war allerdings so interessant, dass Shuro gar nicht mehr aufhören konnte zu lesen.

›Die Geschichte spielt in einer Unterstadt am Fluss. Sie beginnt damit, dass ein Mann in die Tierklinik am Ende der Gasse getragen wird. Der Mann hatte entkräftet am Ufer gelegen, offenbar angeschwemmt. Dort war er von einer Krankenschwester aus der Tierklinik namens Mitsuyo entdeckt worden, die ihn mit der Hilfe einiger Arbeiter aus der benachbarten Fabrik in die Klinik schaffte. Der Chefarzt war zwar ein hervorragender Arzt, trank aber gerne und viel, so dass er ständig betrunken war …‹

Shuro hielt inne und beschloss, sich den Rest für später

aufzuheben, *sonst wäre ja die Spannung dahin.* Er wollte die Broschüre gerade wegstecken, als ihm eine Kolumne mit der Überschrift DIE DARSTELLER ins Auge fiel. *Und siehe da!* Dort fand sich nicht nur eine kurze Kritik zur Hauptdarstellerin, sondern auch ein Passus zu seinem Vater beziehungsweise dem Mann, der sein Vater sein könnte.

›Ryuichiro Tashiro, der den Chefarzt verkörpert, hat vom ritterlichen Anführer bis zum verarmten Adeligen in vielen Rollen geglänzt.‹

Ach ja? dachte Shuro verwundert. Den anschließenden biographischen Angaben zufolge handelte es sich eindeutig um seinen Vater. Aber Shuro kannte seinen Vater weder als »ritterlichen Anführer« noch als »verarmten Adeligen«. Er hatte nicht einmal gewusst, dass sein Vater solche Rollen überhaupt gespielt hatte!

Obwohl es für die Vorstellung noch zu früh war, zeigte er am Einlass seine Karte vor, trat in die erbärmlich kleine Lobby und wandte sich an den Mann mittleren Alters, der sich in seinem schwarzen Anzug so gerierte, als wäre er der Chef.

»Entschuldigung«, sagte er, hielt die Broschüre hoch und fragte: »Wer hat das geschrieben?«

Es *war* der Chef.

»Der da«, sagte der, zeigte auf einen untätig herumstehenden jungen Mann und rief: »Heh.«

In schmerzlicher Verwunderung blickte der junge Mann auf.

✦ Sternlose Nacht

Die Uhr zeigte bereits kurz vor eins.
Dass Shuro die Zeit vergessen hatte, lag nicht nur daran, dass ihm der Film so gut gefallen hatte, sondern auch an dem nicht geringen Interesse, das er für den jungen Mann hegte, mit dem er sich gerade unterhielt.
»Entschuldigung«, hatte Shuro ihn ganz gegen seine Gewohnheit in der Lobby angesprochen, als der Film um kurz nach elf zu Ende gegangen war. Der Text aus der Broschüre hatte ihm zu denken gegeben.
Der junge Mann wusste mehr über seinen Vater als er, und Shuro wollte wissen, woher er das alles wusste, ob er den »ritterlichen Anführer« und den »verarmten Adeligen« womöglich gesehen hatte, und ob diese Filme irgendwo gezeigt würden.
Nie im Leben hätte er damit gerechnet, dass jemand seinen Vater, der zeitlebens nur Nebenrollen gespielt hatte, besser kannte als er selbst, geschweige denn diesen Jemand zu treffen und sich mit ihm unterhalten zu können.
»Es tut mir leid«, hatte der junge Mann vorweg gesagt und geflüstert, »ich bin noch im Dienst. Wenn Sie warten wollen, in einer halben Stunde habe ich frei. Aber …« war er fortgefahren, »in der Broschüre habe ich es so formuliert, dass es

sich so anhört, als ob ich die Filme gesehen hätte, aber leider kenne ich weder *Bis ins Paradies,* in dem er den ritterlichen Anführer spielt, noch *Der morgige Sonnenuntergang.* Das ist der mit dem verarmten Adeligen.«

Shuro hatte allein schon verblüfft, dass dem jungen Mann die Filmtitel so leicht über die Lippen kamen.

Er beschloss, auf den jungen Mann zu warten, und begleitete ihn anschließend zu dessen Stammkneipe.

»Sehr düster«, hatte der junge Mann auf dem Weg zur *Magischen Laterne* erklärt, »nicht dass Sie sich wundern …« Erklärungen waren offenbar seine Spezialität. »Ich meine die Bar, nicht den Barkeeper. So düster, dass man die Hand nicht vor Augen sieht. Selbst ich war überrascht, wie dunkel es dort ist, dabei arbeite ich im Kino.«

Er hatte recht. Sobald sie die Tür aufgestoßen hatten und eingetreten waren, umfing sie rabenschwarze Finsternis. Selbst Shuro, der dank seiner gefährlichen Abenteuer immun gegen Dunkelheit war, zögerte einen Moment. Denn man sah nicht nur seine Hände nicht, man sah überhaupt nichts.

»Hier entlang«, übernahm der junge Mann die Führung, während Shuro noch darauf wartete, dass sich seine Augen an das Dunkel gewöhnten. Blind folgte er dem zitronigen Eau de Cologne des jungen Mannes.

Was ist denn das für eine Bar? fragte er sich, nachdem sie fünf, sechs Meter zurückgelegt hatten und immer noch nichts zu sehen war. »Meine Güte …« hatte er gerade vor sich hingemurmelt, als er einen Tresen ausmachte – entweder hatten sich seine Augen endlich an die Dunkelheit gewöhnt, oder es

war die Funzel über dem Tresen – und dahinter einen Schatten, wahrscheinlich den Barkeeper.
»Guten Abend«, begrüßte sie der Schatten.
»Guten Abend«, grüßte der junge Mann höflich zurück.
Nach und nach schälte sich eine Reihe schmaler Barhocker mit Rückenlehne aus der Dunkelheit. Sobald man saß, fühlte man sich wie in einer – wenn auch düsteren – Bar, aber dass es zwischen Eingangstür und Tresen keine einzige Lampe gab ... *das war alles andere als normal!*
»Es hört sich in der Broschüre nur so an, als ob ich mich auskennen würde. Ihr Vater, Tashiro-san ... ähm, Sie heißen doch Tashiro, oder?«
»Ja«, sagte Shuro und sah den jungen Mann forschend an, bekam aber kein klares Bild.
»Ich weiß nicht, was Ihr Vater für ein Schauspieler war.«
Ihre Drinks wurden serviert. Die beiden Männer griffen zu ihren Gläsern, nahmen, ohne sich zuzuprosten, einen Schluck und seufzten zufrieden.
»Aber ...« setzte Shuro an.
»Ich war in der hiesigen Bibliothek«, sagte der junge Mann im selben Moment. »Die hat zufällig ganze Stapel alter Filmzeitschriften. Aus denen habe ich praktisch abgeschrieben ...«
Ach so, nickte Shuro, seinen Drink genießend, während er sich in Meisterdetektivmanier kein einziges Wort entgehen ließ. ›Hiesige Bibliothek‹ hatte der junge Mann gesagt. Das hörte sich so, als stammte er nicht von hier. Vielleicht war er kürzlich hergezogen? So wie er sich mit dem Barkeeper unterhielt, war er noch nicht lange Stammgast ...

Das könne er ungestraft fragen, dachte er, und wollte den jungen Mann gerade namentlich ansprechen, als ihm auffiel, dass er seinen Namen gar nicht kannte.
»Wie heißt du eigentlich, wenn ich fragen darf?«
»Oh, Verzeihung«, erwiderte der junge Mann und stellte sein Glas auf dem Tresen ab. »Ich habe mich noch gar nicht vorgestellt. Fuyuki. Ren Fuyuki ist mein Name«, sagte er und setzte sich so aufrecht hin, als wäre er seine eigene Visitenkarte.
»Ren«, wiederholte Shuro. »Gut. Du wohnst noch nicht lange in diesem Stadtteil, hab ich recht?«
»Ja«, antwortete der junge Mann und verstummte. »Was soll man machen ...« gab er sich einen Ruck und nahm einen Schluck, einen größeren diesmal. »Klingt dramatischer, als es ist ...«
Täuschte er sich, dachte Shuro, oder hatte der junge Mann die Stimme gesenkt?
»Nachdem ich von zu Hause weg bin, hat es mich mal hierhin und mal dorthin verschlagen.«
»Was meinst du damit? *Von zu Hause weg?*« fragte Shuro.
»Naja, abgehauen halt ...« Die Stimme des jungen Mannes war noch leiser geworden. »Unterwegs habe ich zufällig gesehen, dass das Kino eine Aushilfe sucht ...«
»Du magst Filme?«
»Eigentlich eher das Kino. Das ist der einzige Zufluchtsort, den ich habe. Neben dieser Bar. Dunkle Orte ziehen mich irgendwie an.«
»Und deine Arbeit besteht darin, die Texte für die Broschüren zu verfassen?«

»Um Himmels willen, nein!« Verwundert sah der junge Mann Shuro an. »Ich bin, wie soll ich sagen, Mädchen für alles.« Shuro galt zwar als Meisterdetektiv, doch sein praktischer Verstand ließ zu wünschen übrig. Er wusste weder, wie man eine Waschmaschine bedient noch wie ein Sparkonto funktioniert oder worum es sich bei »angereicherter Milch« handelt. Diese einfachen Dinge gingen ihm völlig ab.

»Ich mache so gut wie alles, vom Verkauf der Eintrittskarten bis zur Zubereitung der Hotdogs.« Fuyukis Stimme hatte wieder normale Lautstärke angenommen. »Mein Chef ist ganz okay, krümmt allerdings keinen Finger. Und mit Filmen kennt er sich auch nicht aus.«

»Was?« »Wirklich?« »Nein?!« kommentierte Shuro jede einzelne Information.

»Was sind *Sie* eigentlich von Beruf, Herr Tashiro?« spielte der junge Mann den Ball plötzlich zurück.

Auf diese Frage hatte Shuro schon alles Mögliche geantwortet – Mitarbeiter in einem Spielsalon, Koch in einem Bento-Imbiss, Barista einer mobilen Kaffeebar vorm Bahnhof –, doch diesmal überraschte er sich selbst: »Ich lasse mich gerade zum Schauspieler ausbilden.«

»Ich wusste es!« erwiderte der junge Mann zu seinem Leidwesen ernst. »Ich wäre auch gerne in die Fußstapfen meines Vaters getreten.«

»Ach ja? Was hat dein Vater denn gemacht?«

»Meine Eltern sind gestorben, bevor ich überhaupt wusste, was Fußstapfen sind. Sie waren auf dem Heimweg von einer Beerdigung. Wir hüteten das Haus. Ich war damals in der siebten Klasse. Auf der Autobahn ist mein Vater in einen LKW gerast. Der Wagen überschlug sich und geriet in Brand ... Mehr weiß ich nicht, ich habe mir die Ohren zugehalten. Wir sind bei unserem Onkel und dessen Frau aufgewachsen ...«

»Wir?«

»Meine Schwester und ich.«

»Sie haben eine Schwester?«

»Ja. Ich hoffe, es geht ihr gut. Sie ist zwei Jahre älter als ich. Dieses Jahr wird sie achtunddreißig.«

»Was?« Shuro zuckte zusammen. »Moment ... Das heißt ... das heißt ... du ... *Sie* werden sechsunddreißig?«

»Wenn ich das noch erlebe ...«

»Was soll das heißen? Wenn Sie das noch erleben?« fragte Shuro entsetzt. *Diese seltsam düstere Bar, Magische Laterne, der Satz ›Wenn ich das noch erlebe ...‹* Die abenteuerlichsten Vermutungen schossen ihm durch den Kopf.

»Kleiner Scherz«, winkte der junge Mann ab. »Aber dass ich sechsunddreißig werde, stimmt. Auch wenn ich mich in den letzten zwölf Jahren kein bisschen weiterentwickelt habe.«

Tatsächlich, stellte Shuro fest, wenn man genauer hinsah, zeigte sich ein nicht mehr ganz so jugendliches Gesicht.

Bei ihm war es allerdings genauso. Auch er sah immer noch aus wie vierundzwanzig. ›Definitiv noch keine Dreißig‹, würden die meisten Leute sagen.

Aber das störte ihn nicht, im Gegenteil. Er freute sich, wenn die Leute ihn wie einen »Jungspund« behandelten. Shuro hasste das Älterwerden.

»Was meine Schwester wohl für ein Gesicht machen würde,

wenn ich nach zwölf Jahren völlig unverändert wieder bei ihr auftauchen würde. Darüber denke ich manchmal nach.«

»Haben Sie das vor?« fragte Shuro, belustigt darüber, dass er den jungen Mann ganz automatisch siezte, nachdem sich herausgestellt hatte, dass er doch nicht mehr ganz so jung war.

»Nein. Ich stelle mir nur manchmal vor, wie es wäre.«

»Und warum nicht?«

»Diese Frage lässt sich auch leicht beantworten. Weil ich dann wieder alles ihr überlassen würde. Bei meiner Schwester ist das so. Sie kann unglaublich gut zuhören, löst praktisch jedes Problem. Aus dem Grund habe ich mich kein bisschen weiterentwickelt. Na ja, ich sollte vielleicht nicht alles auf meine Schwester schieben. Jedenfalls habe ich versucht, mich von ihr zu lösen und weiterzuentwickeln.« Er schnitt eine Grimasse und nippte an seinem Drink. »Wie Sie sehen ... ohne Erfolg.«

Der Schatten hinter dem Tresen polierte Gläser. Hin und wieder quietschte es leise.

Angestrengt beobachtete Shuro den Barkeeper, in der Befürchtung, dass der nicht mehr ganz so junge Mann ihn fragen könnte, wie es denn bei ihm sei. ›Ich wandele auf den Spuren meines Vaters‹, würde er wahrscheinlich ehrlich antworten, würde er direkt gefragt.

Irgendwann hatte er angefangen, die »Hinterlassenschaften« seines Vaters unter die Lupe zu nehmen – früher hatten ihn die nicht interessiert. War das nicht dasselbe wie ein Stillstand in der Entwicklung? Shuro konnte es nicht sagen.

Wie kann man selbst komplizierteste Verwicklungen entwirren und dem Rätsel seiner selbst gegenüber so machtlos sein?

»Tut mir leid, dass ich Ihnen nicht weiterhelfen kann«, sagte der nicht mehr ganz so junge Mann.

»Ich bitte Sie«, schüttelte Shuro den Kopf. »Jetzt weiß ich wenigstens, dass ich etwas Wichtiges vergessen habe, nämlich alte Filmzeitschriften zu durchforsten.«

»Ich für meinen Teil«, sagte der nicht mehr ganz so junge Mann und leerte sein Glas, »in der Broschüre steht's ja schon, werde jedenfalls weiter versuchen herauszufinden, wie der Film in unserem Archiv gelandet ist.«

Du bist wahrscheinlich ein besserer Detektiv als ich, dachte Shuro mit einem gepressten Lächeln. »Ich gehe nach Hause«, sagte er, zu wem auch immer, dem nicht mehr ganz so jungen Mann oder dem Schatten hinter der Bar, und legte Geld auf den Tresen.

»Soll ich Ihnen ein Taxi rufen?« fragte der Barkeeper. »Nicht nötig«, schüttelte Shuro den Kopf und machte sich überstürzt auf den Weg. Er wusste selbst nicht, warum er es plötzlich so eilig hatte.

Im Gang war es stockfinster, obwohl es ihm nicht mehr ganz so dunkel vorkam wie vorher. Er versuchte, sich so gut wie möglich geradeaus zu halten. *Geradeaus, immer geradeaus.* Bis seine ausgestreckte Hand an etwas Hartes stieß, vermutlich die Tür. *Endlich!*

Doch die Tür ging nicht auf.

Shuro nahm all seine Kraft zusammen und versuchte, sie mit beiden Händen aufzudrücken.

Zu seiner Verwunderung passierte aber etwas ganz anderes.

Die Tür verwandelte sich in ein Ungeheuer in Menschengestalt, das ihn packte und in hohem Bogen vor die Tür setzte. Vielleicht war er aber auch bloß betrunken gewesen.
Jedenfalls war er froh, dass er wieder heile auf der Straße stand, bereute jedoch sogleich, dass er das Angebot des Barkeepers, ihm ein Taxi zu rufen, abgelehnt hatte.
Er durchwühlte seine Taschen nach einem Taschentuch, um sich den Schweiß von der Stirn zu wischen. Seine Finger stießen an ein Stück Papier. *Was ist das?* dachte er und zog es heraus.
BLACKBIRD – IHR NACHTTAXI. ANRUF GENÜGT.
Stimmt, erinnerte er sich.
An den Taxifahrer von neulich hatte er schon öfter gedacht, auch wenn er an dem Abend nach dem Kino noch ein wenig durch die Gegend spaziert war und ihn letztlich doch nicht angerufen hatte, wofür er sich bei Gelegenheit gerne entschuldigen würde. *Ob er ihn so weit draußen abholen würde? Nein, eher nicht. Obwohl. Einen Versuch war es wert,* dachte Shuro und wählte. Es hatte gerade einmal geklingelt, als auf der anderen Straßenseite ein freies Taxi heranrauschte.
Das schickt der Himmel!
Reflexartig unterbrach er das Gespräch, hob die Hand und hielt das Taxi an.

✦

Tote Hose, dachte Matsui und parkte an einem seiner bevorzugten »Rastplätze«, in unmittelbarer Nähe der Endstation einer privaten Buslinie, hinter der sich ein kleiner Park mit Toilette und Waschgelegenheit befand.

Es gab diese Tage, wenn auch nicht oft, an denen er keine einzige Fuhre hatte.

Tokio war wirklich seltsam. Manchmal beförderte er ein und denselben Fahrgast so oft, dass er sich fragte, ob die Stadt nicht in Wirklichkeit ein Dorf war, und manchmal so wenige, dass er befürchtete, alle könnten spurlos vom Erdboden verschwunden sein, wie in dem Science-Fiction-Film, den er mal gesehen hatte.

Matsui stellte den Motor ab, lehnte den Sitz zurück, machte es sich bequem und sah aus dem Fenster.

Am Himmel war kein einziger Stern zu sehen.

Eigentlich müsste man unendlich viele sehen, aber die hatten sich heute vielleicht auch verdrückt.

Man muss es nehmen, wie es kommt, hatte er gerade geseufzt, als sein Handy klingelte. Er warf einen Blick aufs Display.

Die Nummer kannte er nicht.

Noch bevor er sich wundern konnte, hörte das Klingeln wieder auf.

Wer war das?

In den allermeisten Fällen war es ein Stammgast, der anrief, und da Matsui die Namen seiner Stammgäste gespeichert hatte, wusste er mit einem Blick, wer am anderen Ende war. Diesmal hatte das Display keinen Namen angezeigt. *Was bedeutete … verwählt oder Neukunde …*

Vor seinem inneren Auge erschien Kanako Fuyuki.
Kanako war seine neuste Kundin. Aber auch ihren Namen hatte er bereits eingespeichert ...
Könnte es ...
Er sah auf die Uhr.
Fast zwei.
Nein, zu früh. Viel *zu früh.*
Kanako hatte praktisch gerade erst angefangen zu arbeiten, sie machte erst um sieben Uhr morgens Feierabend.
Aber dann könnten wir zusammen ins Drehkreuz gehen, hing er seinen Gedanken nach. *Heute kommt eh keine Kundschaft mehr. Was soll's? Ich frage sie einfach,* dachte er und rief ihre Nummer auf.
Nein, schüttelte er den Kopf und drückte auf HOME.
Das konnte er sich sparen. Während der Arbeit ging sie sicher nicht ans Handy.
Aber Moment! Matsui rief noch einmal ihre Kontaktdaten auf. Unter ihrer Privatnummer stand eine Reihe von Ziffern, die mit null drei begann, der Vorwahl von Tokio.
›Falls Sie mal Sorgen haben oder ein Problem‹, hatte Kanako gesagt und ihm die Nummer der Telefonseelsorge gegeben, die von den Bürgern inzwischen »die Rettung« genannt wurde. ›Sie können mich jederzeit anrufen.‹
Genau! Mit etwas Glück hätte er sie *am Apparat. Er würde seine Stimme verstellen und sie um Rat fragen ... Das wäre lustig.*
Er war schließlich auch ein Bürger, und Taxifahrer riefen häufig an, hatte Kanako gesagt, ›die scheinen eine ganze Menge mit sich herumzutragen‹.

Wenn …

Wenn sie noch einmal zusammen ins *Drehkreuz* gingen – schon das würde ihn freuen –, würde sie wieder von ihrem Bruder erzählen und er sich im Laufe des Gesprächs wahrscheinlich dazu hinreißen lassen, ihr das zu erzählen, was er noch niemandem erzählt hatte.

Sei's drum. Zuhören war ihr Job. ›Erzählen Sie‹, würde sie sagen und am Ende eine »Lösung« präsentieren.

›Es ist nämlich so‹, stellte er sich vor, würde er sagen. ›Ich habe einmal jemanden befördert, der mir nicht mehr aus dem Sinn geht, eine Frau, die ich, wie soll ich sagen, gerne noch einmal wiedersehen würde. Ich weiß, dass ich diesen Wunsch begraben muss – das Vertrauen meiner Fahrgäste ist heilig –, aber was kann ich tun, um den Gedanken zu vertreiben …‹

Nein, für diesen Unsinn hätte sie keine »Lösung«. Damit würde er sie bloß belästigen.

Vergiss es …

Aber …

Vergiss es …

Aber.

✦

»Ich weiß«, sagte der Taxifahrer, nachdem Shuro ihm seine Adresse genannt hatte. »Von der Polizeibox Richtung Pizzeria, am Convenience Store vorbei, hinterm Getränkehandel rechts rein. Da hat mal'n Freund von mir gewohnt.«

Der kennt sich aus!

Nach der verschliffenen Sprache zu urteilen, war Daisuke Nakasawa – so hieß der Taxifahrer laut seiner Plakette – waschechter Tokioter, vermutete Shuro, um nicht zu sagen, war er sich sogar ziemlich sicher.

Schätzungsweise achtundvierzig Jahre alt. Hätte erst spät geheiratet, weshalb sein »nicht unhübsches Töchterchen« erst fünf Jahre alt sei. Wie zum Beweis klebte am Armaturenbrett ein visitenkartengroßes, laminiertes Stück Papier, auf dem in krakeliger Kinderschrift »Hab dich lieb, Papa« stand.

Sein Hobby wären Straßenkarten. *Und zwar von ganz Japan!* Er würde nicht nur die dreiundzwanzig Bezirke Tokios wie seine Westentasche kennen, sondern auch die angrenzenden Städte und Präfekturen. *In meinem Revier macht mir keiner was vor!* Obendrein hatte er dank der Informationen, die er von Fahrgästen, aus der Sportzeitung oder dem Radio bezog, zu allem und jedem, was unterwegs in Sicht kam, eine Anekdote parat.

Das war mehr als unnormal!

Der *mehr als unnormale* Daisuke Nakasawa wusste alles. Vom »besten Ramen-Imbiss« über »sämtliche rund um die Uhr geöffneten Supermärkte« bis hin zu »bewachten Häusern von Politikern« kannte er jede Adresse.

»Kennen Sie das Yakisoba-Restaurant DAIMON?« fragte Shuro versuchsweise. Dort hatte er früher oft gegessen.

»Selbstverständlich«, antwortete Nakasawa wie aus der Pistole geschossen.

»Und das CAFÉ FLAG?«

»Und ob!« erwiderte Nakasawa und spulte die Adresse nebst Telefonnummer herunter.

»Wie steht's mit Imbissen?« fragte Shuro spontan.
»Da kann ich mit sechshundert dienen. Wenn Sie mir sagen, wonach Ihnen der Sinn steht, fahre ich Sie gerne hin.«
»Im Ernst?« rutschte es Shuro heraus, bevor er sich bremsen konnte. »Im Norden der Stadt, in Akabane, in der Gegend von Iwabuchi, gibt es einen Imbiss namens KITCHEN AYA. Da war ich schon ewig nicht mehr. Dort gibt es ein fantastisches Ham & Eggs ...«
»Nicht mehr«, antwortete Nakasawa knapp. »Die Inhaberin hat mit drei anderen Frauen zusammen ein Bistro eröffnet, an der Kreuzung in Katatokicho, DREHKREUZ heißt es, ein sehr gutes Bistro, kann ich nur empfehlen.«
De facto wusste Shuro schon, dass KITCHEN AYA nicht mehr existierte. Das hatte er zu seinem Entsetzen beim Besuch seiner alten Wohnung festgestellt.
Er war ganz selbstverständlich davon ausgegangen, dass der Imbiss noch existierte und Ayano ihm gutgelaunt wie eh und je eine Portion Ham & Eggs zubereiten würde.
Aber nein.
Aya kocht jetzt woanders. In einem neuen Imbiss. Bestimmt ... hatte er sich gedacht.
»In Katatokicho ...« murmelte er.
»Soll ich Sie hinfahren?« schlug Nakasawa vor. »Sie können nichts falsch machen, die haben sehr gute Küche. Bei meinen Kollegen ist es sehr beliebt, nicht zuletzt, weil es bis zum Morgen geöffnet hat. Ab und zu gehe ich auch hin.«
»Na dann los ...« antwortete Shuro, nachdem er einen Moment so getan hatte, als ob er überlegen müsste.

Nakasawas Geschwätz hatte ihn hungrig gemacht.

Nein, wenn er ehrlich war, wollte er Ayano wiedersehen.

Er schaute aus dem Fenster.

Am Nachthimmel von Tokio stand kein einziger Stern.

✦ Die blaue Treppe

Schon ein Uhr morgens.

Wann ging sie ins Bett, wann stand sie auf? Wo begann der Tag, wo endete er?

Da sie nachts arbeitete, wusste sie es nicht mehr.

Ayano war so an ihre Arbeitszeiten im Bistro gewöhnt, dass sie ihre freien Tage nicht richtig nutzen konnte. Wenn sie aufwachte, war es bereits dunkel. Wenn sie erledigt hatte, was zu erledigen war, bereits Mitternacht. Verabredungen waren schwierig.

Wenn sie unbedingt jemanden treffen wollte, legte sie sich morgens, nach Feierabend, ein paar Stunden hin und quälte sich mittags aus dem Bett. An ihren freien Tagen tat sie das jedoch nicht. Da schlief sie, so lange sie konnte. Wenn sie aufwachte, war es meistens schon mitten in der Nacht. Zu der Zeit lagen ihre Freundinnen bereits im Bett …

Halt, Ichiko war normalerweise noch wach.

Ichiko wohnte in Shimo-Kitazawa. Sie stellte in ihrer Wohnung Modeschmuck und Accessoires her und war meistens die ganze Nacht wach. Da sie direkt hinter der Einkaufsstraße wohnte, konnte man selbst um diese Zeit noch etwas essen gehen.

Kurzentschlossen machte sich Ayano auf den Weg. Das heißt,

de facto war es ihr Körper, der sie vor die Tür trieb. Sie wollte nicht nur ihre Freundin sehen, sondern hatte Hunger.

Von Sasazuka bis nach Shimo-Kitazawa dauerte es, wenn man sich beeilte, etwa zwanzig Minuten. Da der schnellste Weg immer geradeaus durch ein Wohnviertel führte, brauchte man sich selbst im Dunklen nicht zu fürchten. Ungeachtet dessen hatte Ayano sich angewöhnt, wenn sie so spät noch unterwegs war, im Gehen mit ihrer Freundin zu telefonieren und anzusagen, wo genau sie sich gerade befand.

Sie zückte das Handy und wählte.

»Hallo?« hörte sie einen Moment später Ichikos verschlafene Stimme.

»Hab ich dich geweckt?« fragte Ayano.

»Ach du bist's. Wo bist du?«

Ichikos Stimme klang so nah, als stünde sie direkt neben ihr.

»Gleich an der Inokashira-dori.«

»Es regnet doch.«

»Es regnet?« Ayano sah auf. Der Himmel war regelrecht *leer;* kein Regen, keine Wolken, nicht einmal der Mond. »Nein. Es regnet nicht.«

»Hast du heute frei?«

»Ja. Aber als ich aufgewacht bin, war's draußen schon dunkel ... Wo soll ich da noch hin?«

Auf der Inokashira-dori herrschte Verkehr.

»Ich höre Autos«, hellte sich Ichikos Stimme auf. »Du bist an der Inokashira-dori.«

»Die überquere ich jetzt«, erwiderte Ayano und trat auf den Fußgängerüberweg. »Überquert«, vermeldete sie und ging mit unverminderter Geschwindigkeit weiter. Die Autos hinter ihr wurden wieder leiser.

»Du«, sagte Ichiko. »Wäre es nicht besser, du würdest dich beim Gehen auf die Straße konzentrieren, anstatt zu telefonieren? «

»Ich passe schon auf, keine Sorge.«

»Aha. Das heißt, du telefonierst also *nebenbei?*«

»Wenn man so will ...« Ayano bemühte sich, das Gespräch nicht abreißen zu lassen. Risse es ab, stürzte schlagartig die Dunkelheit auf sie ein.

»Wir haben uns Ewigkeiten nicht mehr gesehen.«

»Das stimmt ... Ich hab mir ein paar Tage freigenommen«, erwiderte Ichiko seufzend.

»Echt?«

»Ich brauch ne Pause ... das heißt ... ich hatte keine Aufträge mehr. Wenn ich so weitermache, kann ich bald meine Miete nicht mehr bezahlen ... Höchste Zeit zu überlegen, wie es weitergehen soll.«

»Ach so? Ich dachte, du arbeitest ...«

»Nee, ich hab geschlafen ... Warte ... Ich bin gar nicht zu Hause ... ich bin in Shikoku.«

»Was?«

»Bei meinen Eltern. Ich dachte, bevor ich mich entscheide, sollte ich mit ihnen sprechen.«

»Wie? ... Das heißt ... du bist gar nicht in Shimo-Kitazawa?«

»Genau.«

»Aber ... du hast mich doch gerade eben gefragt, wo ich bin ...«

»Entschuldige. Ich war noch nicht ganz wach. Ich hatte ganz verdrängt, dass ich in Shikoku bin.«
Ayano hatte das Gefühl, als wäre es schlagartig zwei Grad kälter geworden. Sie legte noch einen Schritt zu. Bis zur Einkaufsstraße war es noch ein Stück. Sie wollte etwas sagen, wusste aber nicht was. Der Weg schien ihr auf einmal kein Ende mehr nehmen zu wollen ...
»Da bin ich. Steige die Treppe hinauf. Da ist deine Tür ... und ... da bist du.«
Normalerweise erwartete Ichiko sie schon an der Tür. Nichts war beruhigender, als telefonierend auf die erleuchtete Wohnung zuzusteuern.
Aber das Wort »Shikoku« hatte alle Lichter gelöscht. Ayano fühlte sich wie ein alleingelassenes Kind.
»Warte«, sagte sie und versuchte, kühlen Kopf zu bewahren. »Leg bitte erst auf, wenn ich in der Einkaufsstraße bin.«
»Ja, ja, keine Sorge«, erwiderte Ichiko, die besser als jeder andere wusste, wie sehr Ayano es hasste, durch die Dunkelheit zu laufen. »Hast du in letzter Zeit irgendwen gesehen?«
»Ja, Haruka, und ich war total beeindruckt. Sie ist eine richtige Schauspielerin geworden.«
»Hatte sie schon ihr Debüt?«
»Noch nicht. Demnächst fingen die Dreharbeiten für einen Kinofilm an, sagte sie«, antwortete Ayano, insgeheim die Dunkelheit verfluchend. Nachtblind, wie sie von Hause aus war, sah sie im Dunklen so gut wie gar nichts.
»Einen Kinofilm? Wow.«
»Naja, so ganz glücklich klang sie allerdings nicht ...«

»Und bei dir? Alles gut?«
»Bei mir? Was meinst du? Die Arbeit?«
»Was sonst? Etwas anderes als arbeiten tust du doch nicht …«
»Was?«
Ayano stellte fest, dass ihr Kopf alles andere als kühl war. Ichiko hatte recht. Seitdem sie im Bistro arbeitete, ging es nur noch um die Arbeit. Früher hatte sie mit ihren Freundinnen auch über Männer geredet, aber neuerdings drehte sich alles nur noch um den Job. *Oder?*
Nein. Heute hatte sie mit Ichiko tatsächlich über etwas anderes reden wollen. Mit ihrer Arbeit im Bistro war sie rundum zufrieden.
»Bist du noch dran? Alles okay?«
»Ja, ja, alles gut. Ich habe nur gerade überlegt.«
»Was überlegt?«
»Das überlege ich auch gerade.«
»Das heißt, du überlegst.«
»Ja.«
Vor ihrem inneren Auge tauchte Tashiro auf. Der Mann, der in ihrem Imbiss damals immer Ham & Eggs gegessen hatte.
»Nanu?« Ayano blieb stehen und sah sich um.
»Was ist?« hörte sie Ichiko besorgt fragen.
»Ich weiß nicht … ich glaub, ich hab mich verirrt.«
»Wie das? Zur Einkaufsstraße geht's doch bloß geradeaus.«
»Ich weiß auch nicht … Ich gehe und gehe und das Einzige, was ich sehe, ist so ein komischer Laden … ganz dunkel … nein, warte … da brennt Licht.«
»Was ist es? Ein Restaurant? Eine Bar …?«

»Sieht nicht so aus …«
Ayano ging weiter und warf einen Blick auf das Ladenschild.
»›Ibaragi‹. Kennst du ein Geschäft namens Ibaragi, Ichiko?«
»Ibaragi? Nie gehört. Wo bist du denn da bloß?«
»Keine Ahnung«, erwiderte Ayano kopfschüttelnd.
Aber irgendetwas an diesem urplötzlich vor ihr aufgetauchten Geschäft zog sie magisch an.

✦

»Ich ruf dich später wieder an, ja?« hörte Ibaragi eine Stimme und sah auf. Im Eingang stand eine zierliche Frau und schaute sich verwundert um.
Kenne ich nicht. Muss eine neue Kundin sein.
»Guten Abend«, begrüßte er sie mit leiser, tiefer Stimme.
Die Frau zuckte zusammen, sah in seine Richtung und kniff die Augen zusammen. Offenbar kam ihr es im Geschäft nur unwesentlich heller als draußen vor.
»Guten Abend«, wisperte sie und deutete eine Verbeugung an.
Hm, dachte Ibaragi, die »neue Kundin« mit seinem üblichen halben Blick musternd, *sie scheint nicht zu wissen, in was für einem Geschäft sie sich befindet.*
»Ähm …« sprach er sie, sich den verletzten Daumen reibend, wider seine Gewohnheit an. »Wir führen …«
»Gebrauchtes Werkzeug, wie ich sehe«, sagte Ayano mit einem interessierten Blick auf die Regale – nicht, dass sie besonders viel erkennen konnte.

Oha! dachte Ibaragi und nahm Haltung an.

Die meisten Frauen sprachen von »Antiquitäten« oder »Trödel«. Für Ibaragi war es weder das eine noch das andere. Bestenfalls »gebrauchtes Werkzeug«, weshalb er es, aus Ermangelung eines besseren Begriffs – des *perfekten* Begriffs –, eben so bezeichnete: gebrauchtes Werkzeug.

Was er verkaufte, war zweifellos alt und gebraucht, erfuhr aber bei ihm eine neue Bestimmung. Das bildete er sich zumindest gerne ein. Er wusste selbstverständlich, dass das bloß Wunschdenken war und sein Laden nichts weiter als Ausdruck dieses Traums.

Ayako glaubte auch zu träumen.

Bis zur Einkaufsstraße war es doch nur ein Katzensprung!

Dass hier ein solches Geschäft existierte, war völlig unmöglich.

Es *musste* ein Traum sein.

Sie war müde gewesen, sofort eingeschlafen und konnte sich gar nicht richtig daran erinnern, dass sie aufgestanden und sich telefonierend auf den Weg zu Ichiko gemacht hatte. *Und überhaupt!* Ichiko war doch nie im Leben nach Shikoku gefahren. *Ich gehe überall hin,* hatte sie immer gesagt, *aber doch nicht zurück zu meinen Eltern!*

»Sagen Sie …« wandte Ayako sich an die Gestalt hinter dem Schreibtisch, die sich langsam aber sicher aus der Dunkelheit schälte. »Bin ich … ich meine, ist das ein Traum?«

»Wie meinen?« erwiderte Ibaragi betont gelassen, um den Aufruhr in seinem Innern zu verbergen.

Wie scharfsinnig …

Kaum hatte er gedacht, dass sein Geschäft Ausdruck eines Traums war, fragte sie, ob es ein Traum sei! *Ja,* mein *Traum,* klänge vielleicht komisch, aber falsch wäre es nicht ...
»In gewisser Weise schon ...« erwiderte er.
»Ich wusste es«, sagte Ayano, mit Ibaragis Antwort mehr als zufrieden. *Nicht auszudenken, wenn das real wäre!*
Das düstere Geschäft. Der Mann. Der Wickel an seinem rechten Daumen, dessen Weiß ihr seltsam entgegenleuchtete. – Sie selbst trug auch einen Verband an der rechten Hand. – Der, nach allem, was sie sehen konnte, *Trödel* auf den Regalen. Das musste ein Traum sein. Alles andere würde keinen Sinn ergeben
Bei Ibaragi löste Ayanos zufriedene Miene allerdings etwas anderes aus.
Na endlich, dachte er.
Irgendwann, hatte er gedacht, vielmehr *geträumt,* wäre es so weit. Irgendwann käme jemand, der ihn, im Gegensatz zu den meisten anderen, die ihn für verschroben hielten, *verstünde.* Mit Glück die Frau, die er schon immer suchte ...
Das »Ich wusste es« war der Beweis.
Es war ihr so selbstverständlich über die Lippen gekommen, dass es gar nicht anders sein konnte. Sie dachte und fühlte wie er, und auch sie suchte jemanden, der sie *verstand.*
»Aber«, wandte Ayano ein und trat an seinen Schreibtisch, »das würde ja bedeuten, dass ich ... dass Sie ... wie heißen Sie eigentlich?«
»Ibaragi.«
»Ach, wie das Geschäft? Verstehe. Also, das würde ja bedeu-

ten, dass Sie, Herr Ibaragi, und ich denselben Traum träumen.«

»Genauso …« erwiderte Ibaragi, dessen Herz noch nie so gepocht hatte wie in diesem Moment.

Denselben Traum! Genau das, was man brauchte, um sein Leben mit jemandem zu teilen. *Denselben Traum.* Treffender ließ es sich nicht ausdrücken!

»Genauso ist es«, antwortete er, ohne zu zögern. War da etwa ein Zittern in seiner Stimme?

»Komisch …« sagte Ayano und sah zu Boden. Ihr Blick blieb an etwas hängen.

»Ah«, sagte Ibaragi, der, was nur selten vorkam, *ahnte,* was ihr Interesse geweckt hatte, »Sie meinen das hier« und legte seine Hand auf den Stapel Holz neben sich. »Das ist eine Treppe.«

»Eine Treppe?«

»Ja. Genauer gesagt sind es Treppen*stufen*. Die Bretter, auf die man tritt, wenn man eine Treppe hinauf- oder hinuntersteigt. Ein Freund von mir hat sein Haus abreißen lassen und keine Verwendung mehr dafür gehabt. Also hab ich sie genommen. Die lassen sich bestimmt verkaufen, hab ich gedacht.«

»Die Stufen? Ohne Treppe?«

»Genau«, sagte Ibaragi und nahm das oberste Brett in die Hand. »Es sind insgesamt vierzehn. Ich habe sie nummeriert, sehen Sie, jede einzelne, von unten nach oben«, fuhr er fort und deutete auf die »14«, die er mit Bleistift in die Ecke des etwa sechzig Zentimeter breiten Holzbretts geschrieben hatte. »Stufe Nummer vierzehn. Ein Schritt weiter und Sie sind im ersten Stock.«

»Das Haus hatte also zwei Stockwerke«, stellte Ayano wie gebannt fest.

Was für ein Traum! schüttelte sie ungläubig den Kopf. *Einzelne Stufen zu verkaufen* … So etwas konnte nur in einem Traum passieren.

Inzwischen war es fast zwei Uhr.

Die Uhr an der Wand, wie sie mit einem genaueren Blick feststellte, hatte *zwei* Sekundenzeiger.

Also, dieser Traum ließ wirklich nichts zu wünschen übrig!

»Sagen Sie«, fragte sie Ibaragi interessiert, »warum hat die Uhr dort zwei Sekundenzeiger?«

Das war bislang noch niemandem aufgefallen. Der ein oder andere hatte zwar schon gefragt, ob man sie kaufen könne, aber selbst denen war nicht aufgefallen, dass sie zwei Sekundenzeiger hatte.

»Das«, setzte Ibaragi beglückt zu einer Erklärung an, »das ist eine ›*Aus-zwei-wird-eins*-Uhr‹, eine Uhr, die von zwei Uhrwerken betrieben wird.«

»Von zweien.«

»So ist es. Diese Uhr ging immer eine Viertelstunde nach. Also habe ich ihr ein zweites Uhrwerk eingebaut – nebst Sekundenzeiger –, von einer Uhr, die immer eine Viertelstunde *vor*ging. Zusammen, dachte ich, gehen sie richtig.«

»Ich verstehe«, sagte Ayano. Sie konnte nichts mehr überraschen. Sie befand sich ja in einem Traum. »Zusammen gehen sie richtig.«

Natürlich, dachte sie. Plus und Minus heben sich ja auch gegenseitig auf. Wenn der eine nach rechts schaut und der

andere nach links, herrscht ebenfalls Gleichgewicht. *Es müssen doch nicht beide in dieselbe Richtung gucken!*
Und auf einen Schlag war ihr ganz leicht zumute.
Schade, wenn ich aufwache, habe ich das bestimmt alles vergessen ... Träume sind so. Das Wichtigste vergisst man.
Wie schön es wäre, wenn sie einfach weiterträumen könnte.
Und das alles kein Traum wäre ...

✦

Zur selben Zeit fuhr das gelbe Taxi, in das Tashiro alias Meisterdetektiv Palme eingestiegen war, am *Drehkreuz* vor, dem Bistro, in dem Ayano jetzt angeblich arbeitete.
Am Himmel war kein Stern zu sehen.
Hinter sich hörte Shuro das Taxi wieder wegfahren. Er stand vor der Tür des Bistros und sah durch die Scheibe.
Eine, zwei, drei Frauen zählte er hinter dem Tresen.
Dem Taxifahrer zufolge sollten es vier sein. Eine fehlte also ...
Doch sein ausgeprägter sechster Sinn ließ ihn sofort erahnen, was als nächstes passieren würde. Er entspannte sich, schob nonchalant wie ein alter Stammgast die Tür auf und trat ein.
»Guten Morgen!« schallte es ihm entgegen.
Drei Frauen.
Die vierte hatte frei oder war vielleicht nur gerade nicht da. Wenn man den Informationen des Taxifahrers Glauben schenkte, handelte es sich jedenfalls um Ayano.
Die drei hinter der Theke, hatte er mit einem Auge festgestellt, waren »wer anders«. Mit dem zweiten überflog er die

Karte an der Wand. *Na also,* hätte er fast gesagt, unterdrückte den Impuls, nickte stattdessen und sagte, bevor jemand fragen konnte: »Einmal Ham & Eggs, bitte.«

✦

Zur selben Zeit rang sich Matsui in seinem nachthimmelblauen Taxi endlich dazu durch, bei der Telefonseelsorge Tokio Null Drei anzurufen.

Er hatte lange überlegt – *Soll ich? Soll ich nicht?* –, denn die Wahrscheinlichkeit, dass er ausgerechnet bei *ihr* »landete«, war ausgesprochen gering. Kanako hatte ihm bei ihrem ersten Besuch im *Drehkreuz* nämlich erzählt, dass das Telefon nie stillstünde, obwohl sie sich die Arbeit mit mehreren teilte. Er müsste also schon großes Glück haben, wenn ausgerechnet sie seinen Anruf entgegennähme.

Aber wer weiß? dachte er.

Wenn er zufällig bei ihr landen sollte, und *wenn* es so etwas wie einen lieben Gott gab, dann würde sich sein Wunsch, noch einmal mit ihr essen zu gehen, bestimmt erfüllen.

Das Schicksal belohnt die Mutigen.

Davon war Matsui, der, der allgemeinen Annahme zum Trotz, optimistischer war als jeder andere, fest überzeugt.

Als sich auf seinen Anruf bei der Seelsorge Tokio Null Drei tatsächlich Kanako meldete, hatte er deshalb nicht den leisesten Zweifel, dass sie seine Einladung annehmen würde.

Aber ...

»Das tut mir leid. Heute habe ich schon etwas vor.«

… verpasste ihm das Schicksal einen herben Schlag.
In dieser Nacht schimmerte wirklich nirgendwo ein Stern.

✦

Zur selben Zeit.
Im ersten Stock des Fundus gab es einen Notausgang, und wenn Mitsuki mal ein paar Minuten für sich haben wollte, hockte sie sich dort an der frischen Luft auf die Treppe.
So wie jetzt.
Die kühle Eisentreppe wirkte in der Dunkelheit blau.
Mitsuki sah zum Himmel auf.
Kein Mond, keine Sterne. Nicht einmal das Treppenlicht, das normalerweise automatisch ansprang, sobald man die Tür vom Notausgang öffnete, brannte.
Alles war blau, nicht nur die Treppe, auf der sich Mitsuki wie immer in mittlerer Höhe niederließ, sondern auch die Luft.
Schade, dass ich Nichtraucher bin … Sonst hätte ich wenigstens etwas zu tun.
Normalerweise würde sie sofort ihr Handy zücken, aber heute stand ihr irgendwie nicht der Sinn danach …
Naja, bald war es halb drei. So langsam würde Koichi aufstehen, sich fertigmachen und noch im Tran das Haus verlassen, um Zeitungen auszutragen. Aber wenn sie ihn jetzt anriefe, würde sie ihn um seine »nur noch fünf Minuten« bringen. Und das wollte sie nicht.
Stattdessen nutzte sie die Zeit, um sich noch einmal durch den Kopf gehen zu lassen, was sie ihm sagen wollte. Vielmehr,

wie sie es ihm sagen wollte. Das, musste sie zu ihrer Schande gestehen, war das Problem.
Mitsuki schwirrten immer so viele Gedanken durch den Kopf, dass es ihr nie gelang, sie zu ordnen. Sie ordneten sich erst beim Erzählen. Zum Glück hörte Koichi immer nur schweigend zu. – Schon schlimm genug, dass in ihrem Kopf Chaos herrschte! – Aber wenn er ihr zuhörte, gelang es ihr, die Gedanken zu entwirren.
Seine *Gedanken entwirre ich auch immer.*
Er ordnet sie nicht für mich, er hört mir bloß zu. Ordnen muss ich beim Erzählen selbst …
Mit anderen Worten, ich ordne, aber ich brauche ihn als stillen Zuhörer.
Das war das eine, was sie ihm sagen wollte.
Lieber Koichi, ich brauche dich.
Aber heiraten?
Eine so schwerwiegende Entscheidung fällt man nicht zwischen Tür und Angel.
Andererseits bestimmen vielleicht nicht wir *unser Schicksal, sondern der Zufall.*
Mit meinem Job war es genauso. Ich habe hier angefangen, weil ich Szenenbildnerin werden wollte, aber ich brauchte nur einen Fuß in den Fundus zu setzen, und schon war's um mich geschehen.
Schicksal.
Das ist das zweite, was ich dir sagen will.
Erinnerst du dich noch, wie ernst du mir damals, als wir uns kennengelernt haben, auf meine Interviewfragen geantwortet hast?
An einer Stelle hast du, wenn auch völlig zusammenhanglos, ge-

sagt, dass die Krähen vielleicht Seelen wären. Dass sie sich hier sammelten, weil hier so viele Menschen ihr Leben verlören. Dass die Krähen sich nach Tokio sehnten.

Das hast du gesagt. Erinnerst du dich? Wahrscheinlich nicht.

Und jetzt sitze ich hier und denke sogar über Heirat nach.

Also gut, denke ich manchmal, der Ring lässt sich nicht mehr abziehen, bleibt er eben dran, aber manchmal frage ich mich, will ich das? Will ich das wirklich?

Ich weiß es nicht.

Mitsuki schüttelte den Kopf.

Die fünf Minuten waren um.

Die Sterne sehen zu

Die alte Uhr zeigte eins.

Kann nicht sein, schüttelte Ayano den Kopf. *Aber wie spät war es dann?*

Um das herauszufinden, müsste sie bloß ihr Handy zücken, aber wozu brauchte sie die richtige Uhrzeit? Sie befand sich ja in einem Traum!

Der Ladeninhaber behauptete, die Uhr mit den zwei Uhrwerken ginge richtig. Ob das stimmte, wusste sie nicht. Sie träumte ja …

»Sagen Sie«, beschloss Ayano, alles in die Tat umzusetzen, was in ihr in den Sinn kam, damit sie beim Aufwachen wenigstens nichts bereute. »Ist die Treppe zu verkaufen?«

»Selbstverständlich«, antwortete Ibaragi und kräuselte die Stirn. »Selbstverständlich ist sie zu verkaufen, aber ich habe ihr noch keinen Namen gegeben.«

»Dann tun Sie das bitte«, forderte Ayano, frei von ihrer üblichen Verlegenheit. »Sobald sie einen Namen hat, kaufe ich sie.«

»Wirklich?«

Ibaragi glaubte zu träumen, aber Traum oder nicht, da er ohnehin gerade im Begriff gewesen war, der Treppe einen Namen zu geben, sagte er »Sehr wohl« und schloss für etwa zehn Sekunden die Augen. So machte er das immer. Er schloss die Augen und wartete auf das, was ihm als erstes durch den Kopf schießen würde.

»Wie viele Stufen noch?« fragte er in den Raum. »Hah!« nickte er einen Moment später, »Ich hab's« und machte die Augen wieder auf. »Jede Stufe hat ihren eigenen Namen. Da es von unten nach oben gezählt insgesamt vierzehn sind, heißt die zwölfte ›Noch zwei bis oben‹, die dreizehnte ›Noch eine bis oben‹ und die vierzehnte ›Noch einen Schritt‹. Wie finden Sie das?«

An dieser Stelle schloss auch Ayano für einen Moment die Augen. Aus Angst, dass der Traum vorbei sein könnte, wenn sie sie wieder aufmachte, sagte sie schnell: »Ich steige schon so lange hinauf.«

»Eine Treppe?« fragte Ibaragi verwirrt. *Was sollte er sonst sagen?*

»Naja, so etwas Ähnliches. Wie gerne würde ich endlich den nächsten Stock erreichen ... also den nächsten Schritt tun.«

»Verstehe.«

»Es gibt einen Mann, der mir nicht aus dem Sinn geht.«

»Was?« stieß Ibaragi hervor und strich sich über den Daumen, der wieder angefangen hatte, zu schmerzen.

»Ich konnte mich nie durchringen ... aber nun hat sich etwas getan. Wir haben uns lange nicht gesehen, wissen Sie. Aber jetzt weiß ich, was er macht.«

Ayano kam es so vor, als gehörte ihre Stimme einer anderen Person.

Wie kam sie dazu, einem Wildfremden ihre Gefühle zu offenbaren? Sie gehörte doch eigentlich zu denen, die ihre Gefühle für sich behalten. Sie hätte nie gedacht, dass sie – selbst im Traum – so aus sich herausgehen könnte beziehungsweise, dass ihre Gefühle so stark waren.

Darüber hatte sie ihre Hemmungen wohl vergessen.

»Deswegen hätte ich gern die letzte, die ›Noch einen Schritt‹-Stufe.«

»Ich verstehe, sehr gerne«, erwiderte Ibaragi beflissen, obwohl sich in seiner Brust soeben ein großes Loch auftat.

Aus der Traum …

Immerhin war es ein schöner Traum gewesen, tröstete er sich und nickte.

Er stand noch ganz am Anfang, auf der ›Noch dreizehn bis oben‹-Stufe. Und die blieb ihm ja noch. *Was soll's.* Er würde neue Träume träumen. Er verkaufte – wenn auch gebrauchtes – *Werkzeug*. Er würde weiter davon träumen, dass dieses Werkzeug neue Hände fände.

Er bezifferte den Preis der ›Noch einen Schritt‹-Stufe auf fünfhundert Yen.

»Ich nehme sie«, sagte Ayano mit funkelnden Augen. Extra für sie schlug Ibaragi das Brett sorgfältig in blaues Papier ein, was wegen seiner Sehnenscheidenentzündung etwas länger dauerte als sonst, und drückte es ihr mit einem »Bitte sehr« in die Hand.

Ayano wunderte sich, dass sie gar nicht aufwachte. ›Ich *muss* träumen‹, dachte sie, sonst könnte ich nicht für fünfhundert Yen diese letzte Stufe kaufen, und nahm das blaue Paket entgegen.

»Danke schön.«
»Bitte sehr.«
Ibaragi sah Ayano nach, wie sie den Laden verließ. Das Brett an die Brust gedrückt, hielt sie hinter der Tür einen Moment inne und sah zum dunklen Himmel auf.
Ihr Blick durchforstete das mit Dunkelblau durchsetzte Schwarz. *Da!* Ganz im Osten entdeckte sie einen winzigen Stern.
Da müsste das Drehkreuz sein.
Dachte sie, warf einen Blick nach links und rechts und machte sich schnell auf den Weg. Je länger sie ging, desto mehr bekam sie wieder ein Gefühl für ihre Füße.
Vielleicht träume ich gar nicht ... dämmerte es ihr langsam.
Und dann kann ich um diese Zeit sowieso nirgendwo anders hin.
Sie wusste zwar nicht, wie man von Shimo-Kitazawa zu Fuß nach Katatokicho kam, aber der Stern würde sie schon leiten.
Ich muss verrückt sein, dachte sie.
Erstens war sie nicht gern im Dunklen unterwegs und zweitens konnte sie nicht mit Ichiko telefonieren, deren Stimme sie sonst von ihrer Angst ablenkte. Bis zum *Drehkreuz* war es außerdem viel weiter ...
Aber ich habe ja die Stufe, machte sie sich Mut. ›Nur noch einen Schritt.‹
Doch die Stufe war ganz schön schwer, und der Weg nahm gar kein Ende ...
Obendrein war es dunkel. Aber nicht nur einfach dunkel. Zwischen einer Dunkelheit, die man kennt, und einer, die neu ist, besteht ein gewaltiger Unterschied!

Bildete sie sich das bloß ein oder gab es hier wirklich nur sehr wenige Straßenlaternen? Ringsum war alles schwarz. Einen anderen Weg als diesen schien es nicht zu geben.

✦

Wie lange ich wohl schon unterwegs bin?

Als Ayano die Erschöpfung am ganzen Körper spürte und schon bereute, überhaupt losgegangen zu sein, kam, als hätte sich der Nebel plötzlich gelichtet, eine große Straße in Sicht, auf der selbst um diese Zeit noch Verkehr herrschte.

Die vertraute Ampel mit dem Schild »Katatokicho« wurde abwechselnd grün und rot.

Von hier sah das Bistro ganz anders aus als von der Straße, die sie normalerweise mit dem Fahrrad herunterkam. Irgendwie kleiner, verletzlich, aber gleichzeitig, weil die vier Frauen sich nicht hatten unterkriegen lassen, stark und vertraut.

Ayano überquerte an der Ampel die Straße, schob vorsichtig die Tür auf und schlüpfte ins Bistro. Obwohl sie gehofft hatte, unbemerkt zu bleiben, sahen Kisa und Fumina hinter dem Tresen überrascht auf.

Einen Augenblick später malte sich dieselbe Überraschung auch in Yoriës Gesicht, die eben auf dem Weg zu einem Tisch gewesen war.

»Was machst du denn hier?« fragten sie wie auf Kommando.

»Du hast doch frei.«

»Ist was passiert?«

»Dein Haar ist ganz zerzaust.«

»Alles gut«, erwiderte Ayano, unsicher, ob sie nicken oder den Kopf schütteln sollte. »Ich weiß auch nicht, was mich geritten hat …«

»Schade, dass du nicht ein paar Minuten eher gekommen bist«, sagte Kisa und schnalzte mit der Zunge. »Jetzt habt ihr euch verpasst. Da war nämlich jemand für dich da.«

»Für mich?« fragte Ayano ungläubig zurück und lehnte das Brett an die Wand. »Wer? Haruka?«

»Ein Mann. Hat genüsslich eine Portion Ham & Eggs verspeist und dann, bevor er ging, seine Karte für dich abgegeben. Hier, das ist sie.«

Überrascht nahm Ayano die Karte entgegen und erstarrte. Für einen Moment schienen alle Geräusche zu verstummen.

Tashiro. Aber wie …?

»Wenn du magst, sollst du dich melden, hat er gesagt. Fescher Kerl. Glückwunsch! Woher kennst du den?«

Auf der Rückseite der Karte stand eine Adresse nebst Telefonnummer.

Ist das doch bloß ein Traum?

Er hat genüsslich eine Portion Ham & Eggs verspeist?

Fragte sich Ayano und dachte an den kleinen Stern, der in diesem Moment über ihr leuchten müsste.

✦

Wenn … dachte Kanako am Tresen ihrer Stammkneipe, nippte an dem *Lemon Sour,* den ihr die Mama-san kredenzt hatte, ihrem Lieblingsdrink, und sortierte ihre Gedanken.

Wenn sie heute nicht früher Feierabend gehabt hätte, hätte sie Matsuis Einladung natürlich angenommen.
Oder?
Erstens war Matsui ein echter Gentleman, und dass er sofort kam, wenn man anrief …
Fantastisch!
Wer hätte gedacht, dass er bei all den Anrufern ausgerechnet bei *ihr* landen würde. Von »Fügung« zu sprechen, war vielleicht übertrieben, aber etwas zu bedeuten hatte es bestimmt.
Zweitens war das Essen einfach köstlich gewesen.
Oder war ihr das nur so vorgekommen, weil sie in seinem schönen schwarzen Taxi gesessen, er während der Fahrt so aufmerksam zugehört und sie obendrein in sein »Spezialbistro« mitgenommen hatte?
Nein.
Es *war* köstlich gewesen. Sie würde nicht nur *noch einmal,* sondern *noch ganz oft* dort wieder essen gehen wollen.
Deswegen war es ihr so schwergefallen, abzulehnen.
Aber heute hatte sie schon etwas anderes vorgehabt …
»Ich hätte sonst ein schlechtes Gewissen gehabt …«
»Ach was«, sagte die Mama-san, die Kanako nur mit halbem Ohr zugehört hatte. »Du wusstest bloß nicht, wie du auf die plötzliche Einladung reagieren solltest. Das hier hätte ich auch ohne dich geschafft.«
»Ja?«
»Natürlich. Es geht doch bloß um das Telefon.«
So war es. ›Hast du eine Ahnung, wie ich das alte Ding loswerden kann? Das benutzt niemand mehr‹, hatte die Mama-san

vor einer Woche gefragt. ›Für diese öffentlichen Fernsprecher gibt's doch eine besondere Annahmestelle, oder?‹ hatte sie gesagt und auf das abgegriffene rosa Telefon gezeigt. ›Normalerweise werden die gemietet, aber das da … weiß der Himmel, wo das herkommt … Ich hab's mit der Bar übernommen, deswegen dachte ich, ich frag dich mal, du kennst dich mit Telefonen ja aus …‹
›Naja‹, hatte Kanako gestöhnt, ›eigentlich würde ich gerne sagen, *nein,* aber zufällig habe ich neulich eins *unserer* Telefone entsorgen lassen müssen …‹
›Nein, wirklich?‹
›Ja. Dann kommt eine Frau, die aussieht wie vom Telefon-Bestattungsinstitut …‹
›Telefon-Bestattungsinstitut? Das klingt interessant …‹
›Genau. Der kannst du getrost alles Weitere überlassen …‹ hatte Kanako gesagt, Moriizumis Telefonnummer weitergegeben, die die Mama-san angerufen und für heute einen Termin vereinbart hatte. ›Ich komme auch‹, hatte Kanako versprochen, als sich herausstellte, dass sie früher Feierabend machen konnte, obwohl dazu gar keine Veranlassung bestand, weswegen sie auch ohne schlechtes Gewissen hätte absagen können. Sie hätte bloß sagen müssen, dass ihr etwas dazwischengekommen sei. Mehr nicht. Die Mama-san hatte recht. Dass sie Matsuis Einladung ausgeschlagen hatte, lag nicht an ihrem »schlechten Gewissen«, sondern daran, dass sie sich ihrer Gefühle nicht sicher war.
Kanako leerte ihr Glas und fragte: »Für wann seid ihr verabredet?«

»Sie müsste jeden Moment kommen«, antwortete die Mamasan und stellte Kanako einen frischen *Lemon Sour* hin.

Wie auf Kommando schwang im selben Moment die Tür auf.

»Guten Abend«, sagte eine Stimme, und Moriizumi trat herein.

Kanako hob reflexartig die Hand.

»Oh«, sagte Moriizumi und zeigte unverhohlen mit dem Finger auf sie, »die Telefonseelsorgerin von neulich abend.«

»Heute tragen Sie ja gar kein Schwarz«, stellte Kanako nach einem nicht minder unverhohlenen Blick fest. »Trinken Sie ein Glas mit?« Sie wies auf den Hocker neben sich.

»Nein, ich bin im Dienst«, erwiderte Moriizumi und schüttelte den Kopf.

»Ach kommen Sie ... ein Glas.«

»Nein, danke.«

»Nur eins ...«

So ging es hin und her, bis Moriizumi schließlich einwilligte – »Okay, aber nur eins!« – und neben Kanako Platz nahm.

»Sie sind betrunken, Frau Fuyuki«, stellte Moriizumi ohne Umschweife fest.

»Sie erinnern sich an meinen Namen«, erwiderte Kanako. Ihre Augen verengten sich zu Schlitzen, aber nicht vor Freude, sondern weil sie tatsächlich betrunken war.

»Jetz verstehe ich. Sie haben mich weiterempfohlen«, sagte Moriizumi, schnell von Begriff.

»So ist es«, erwiderte Kanako, hocherfreut, dass Moriizumi, die bei ihrer ersten Begegnung so zugeknöpft gewesen war, sich ihren Namen gemerkt hatte. »Das Geschäft brummt.«

»Das kann man nicht gerade behaupten«, schüttelte Moriizumi den Kopf.
Als die Mama-san ihr ebenfalls einen – taktvollerweise alkoholfreien – *Lemon Sour* hinstellte, hob Kanako gleich ihr Glas und stieß mit ihr an. Nach kurzem Schnuppern und dem vielsagenden Blick der Mama-san nahm auch Moriizumi einen vorsichtigen Schluck.
Deswegen hasse ich Übergaben in Kneipen, dachte sie insgeheim, weswegen sie sich normalerweise nie dazu hinreißen ließ, sich hinzusetzen, aber in diesem Fall – vielleicht weil es für heute der letzte Termin war – »hab ich mich breitschlagen lassen«, murmelte sie vor sich hin.
»Bitte?« rückte Kanako näher.
»Dass das Geschäft brummt, kann man nicht gerade behaupten«, sagte Moriizumi und stellte ihr Glas zurück auf den Tresen. »Aber es gibt noch Leute, die ihr Telefon entsorgen lassen möchten.«
»In der Tat«, sagte die Mama-san und deutete mit den Augen auf das pinkfarbene Telefon in der Ecke.
»Ah«, sagte Moriizumi, die ihrem Blick gefolgt war, und stützte ihr Kinn auf die Hände, »die gab's früher überall.« Voller Nostalgie musterte sie das Telefon, obwohl sie um einiges jünger war als Kanako und die Mama-san.
»Ist das nicht lustig«, sagte die Mama-san und sah von Kanako zu Moriizumi. »Die eine lässt sich Nacht für Nacht *verbinden,* während die Arbeit der anderen darin besteht, Verbindungen zu *kappen.*«

»Hah ...« machten Kanako und Moriizumi wie aus einem Mund.

»Die Leute, die sich in Verbindung setzen wollen, kann ich mir vorstellen«, fuhr die Mama-san fort und sah Moriizumi an. »Aber Leute, die sich wünschen, dass Verbindungen gekappt werden ... was sind das für welche? Strenggenommen gehöre ich ja auch dazu ...«

»Nun ja«, erwiderte Moriizumi und rang sich ein Lächeln ab. »Solche und solche. Die genauen Umstände kenne ich ja nie, aber nach dem, was ich bei der Übergabe so sehe, würde ich sagen, es sind Leute, die beschlossen haben, dass sie getrost aufs Festnetz verzichten können, weil sie jetzt ein Handy haben, und solche, die noch schwanken.«

»Und dann einen Rückzieher machen ...« sagte die Mama-san und zündete sich eine Zigarette an.

»Genau. Umgekehrt gibt es aber auch welche, die klipp und klar sagen, dass sie die Verbindung abbrechen möchten.«

»Sie wollen keinen Kontakt mehr.«

»Anscheinend nicht. Aber auch unter denen gibt es welche, die eigentlich den Kontakt gerne aufrechterhalten würden.«

»Verstehe.«

»Den Fall hatte ich neulich erst. ›Sonst käme sie nicht weiter‹, sagte die Frau.«

»Nicht weiter? Wohin?«

»Tja ...«

Das ist es, dachte Kanako, die von der Seite zuhörte. Das war vielleicht das Teil, das sie die ganze Zeit gesucht hatte, das letzte Teil des Puzzles.

Es gibt Leute, mit denen man sich einfach trifft, weil man sie treffen möchte. Es gibt Leute, die man zwar treffen will, aber nicht sofort. Es gibt Leute, die man vielleicht treffen will, aber nicht darf, weil man es sich selbst verboten hat. Und es gibt Leute, die man treffen will, aber nie mehr treffen wird ...

So war das auch bei ihr. Matsui-san zum Beispiel hätte sie gerne wiedergesehen, aber das gestand sie sich nicht ein. Und zwar aus dem einfachen Grund, weil sie nicht wusste, was dann passieren würde.

Außerdem, dachte sie, *muss der andere ja nicht zwangsläufig dasselbe wollen ...*

Ren und sie waren sich seit Kindesbeinen sehr nah gewesen, was aber noch lange nicht hieß, dass »weiter« für ihn und sie ein und dieselbe Bedeutung hatten.

Vielleicht war sein »weiter« die Vollendung des Puzzles, das fertige Bild. Ja, das musste es sein. Ihr ging es manchmal auch so. Aus Angst, etwas zu Ende zu bringen, oder weil man plötzlich keine Lust mehr hatte, etwas zu Ende zu bringen, trat man auf der Stelle.

Nicht weiter ... Ich würde gerne hierbleiben ...

Geistesabwesend starrte Kanako auf das pinkfarbene Telefon am Ende des Tresens und kaute an der Lippe, wie sie es schon als Kind gemacht hatte.

✦

»Was ist das?« fragte Kisa und zeigte auf das blaue Paket an der Wand.

»Das hier?« Ayano wickelte es aus. »Ein Spontankauf ...« sagte sie und zeigte das zum Vorschein gekommene Brett.
»Was ist das?«
»Ein Schneidbrett?«
»Bisschen groß für ein Schneidbrett, oder?« rätselten Kisa, Fumina und Yoriё.
»Das ist eine Treppenstufe«, erklärte Ayano.
»Was?« wurden neue Zweifel laut.
Viel zu groß für eine Treppenstufe, oder? sagte eine von den dreien, woraufhin Ayano sich das Brett im Licht noch einmal genauer ansah und fand, dass es eigentlich *recht klein* war. Wenn das eine Stufe ihrer persönlichen Treppe war ... Wenn das *ihr* Platz war ... diese eine, kleine Stufe ... *Sie könnte heulen!* Andererseits kam sie ihr genau richtig vor.
Hier, auf dieser Stufe, würde es mir gefallen ... schoss es ihr durch den Kopf.

✦

Solche Nächte gibt's, tröstete sich Matsui.
So dunkel, wie es war, müsste man die Sterne eigentlich gut sehen können, aber heute war kein einziger zu entdecken.
Die Welt ist am Ende, ich wusste es, dachte er.
Es war genau wie in dem Film ...
In dem hatte auch ein Taxifahrer die Hauptrolle gespielt. Er hatte sein Auto am Rand eines Parks geparkt und, weil er nichts Besseres zu tun gehabt hatte, ein Weilchen die Augen zugemacht. Ein Stündchen vielleicht, mehr nicht. Als er von

der Kälte wach wurde und seinen Dienst wieder aufnehmen wollte, war nicht nur seine Kundschaft verschwunden, *nein,* weit und breit gab es überhaupt niemanden mehr.
Nur die Straße, die lange, dunkle Straße …
Genauso war es.
Eingeschlossen zwischen einer Schule, einem Friedhof und einer Brache. Kein einziges Auto. Die blinkende Ampel und das Licht der Straßenlaternen.
Bald vier Uhr.
Erst dachte er, er hätte sich verguckt, aber *nein,* im Osten war ein Stern aufgegangen. Matsui startete den Wagen.
Kaum war er losgefahren, vibrierte sein Handy.
Er fuhr an den Straßenrand und riss das Gerät so ungestüm aus der Tasche, dass es ihm fast aus der Hand gefallen wäre.
Das Display signalisierte: ›Kanako Fuyuki‹.

✦ Das letzte Teil

Wieder einmal ein Uhr morgens in Tokio.

Inzwischen sind einige Monate ins Land gegangen.

In einer Hintergasse der Ginza.

Dieses Viertel ist ganz besonders verwinkelt …

Eiko drückte die Tür der Bar auf, deren Name aus einem einzigen Buchstaben bestand, »M«, und riskierte einen vorsichtigen Blick hinein. Sie war, das hatte Eiko schon gehört, tatsächlich winzig und sah von außen alt aus, war innen aber ganz neu eingerichtet.

»G-guten Abend«, begrüßte sie der Barkeeper.

Es war Maeda, aber den kannte Eiko natürlich nicht.

Wenn, hatte sie sich immer gesagt.

Wenn die Elf Marias *angelaufen sind, gehe ich in eine* richtige *Bar, stoße mit mir an und trinke auf Omas Wohl!*

Heute war es endlich soweit.

Da Eiko in Tokio aber keine »richtige« Bar kannte, hatte sie genau zugehört, als jemand von der Crew erklärte, wie man zum »M« kam.

Sie waren zur Promotion des Films auf der Ginza gewesen, als einer der älteren Mitarbeiter gefragt hatte, wer schon im »M« gewesen sei.

›Das ist die Bar von Maeda-san, oder?‹

›Kann ich nur empfehlen! Musst du unbedingt mal hin‹, hatte der ältere Mitarbeiter gesagt und den Weg erklärt. Das hatte Eiko sich genau gemerkt. Dank der zum Teil ellenlangen Texte, die sie für den Film zu lernen hatte, hatte sie den Bogen inzwischen raus.

»Was darf's sein?«

»Gibt es ein Getränk mit Cola?« fragte sie geradeheraus. *Die Namen auf der Karte würden ihr eh nichts sagen, und außerdem wollte sie mit* dem *auf das Wohl ihrer Oma trinken, was die vor ihrem Tod hatte trinken wollen.*

»Selbstverständlich«, antwortete Maeda.

Er erinnerte sich nur zu gut an das, was Mitsuki damals im Fundus gesagt hatte. Aber was hieß *erinnern!* Ihre Worte hatten ihn dazu bewogen, wieder Barkeeper zu werden.

Dass diese Bar gerade aufgegeben wurde und die Produktionsfirma ihn mit einer Summe unterstützte, mit der er im Traum nicht gerechnet hätte, hatte natürlich auch dazu beigetragen, aber den Ausschlag gegeben hatte Mitsuki. ›Es geht doch nichts über einen soignierten älteren Herrn wie Sie hinter der Theke, Maeda-san. Also, *ich* wäre bei Ihnen Stammgast‹, hatte sie gesagt, und das hatte jeden Zweifel ausgeräumt.

»Wie wäre es mit einem Whisky-Cola?«

Den hatte er – nach langer, langer Pause – am Abend des Erdbebens für Mitsuki gemixt.

»Gerne«, erwiderte Eiko, die noch nie einen Whisky-Cola getrunken hatte. Schließlich war sie kürzlich erst zwanzig ge-

worden und überhaupt zum ersten Mal in ihrem Leben in einer Bar. Sie würde sich überraschen lassen.
Außer ihr war niemand da, was vielleicht an der Uhrzeit lag; jedenfalls hatte Eiko die Bar für sich allein.
Mitsukis ›also *ich* wäre bei Ihnen Stammgast‹ noch im Ohr, bereitete Maeda den Drink für die unbekannte junge Frau besonders sorgfältig zu. Er wunderte sich selbst, wie aufrecht er hinter dem Tresen stand, nachdem er im Fundus mit der Zeit immer krummer und gebeugter geworden war. *Was eine Krawatte und ein Tresen doch ausmachen!*
Der Whisky-Cola war eiskalt.
Darauf legte Maeda Wert.
So kalt, dass die Kohlensäure, die aus dem bis zum Rand gefüllten kleinen Glas aufstieg, in der Luft einen feinen Nebel bildete.
»Bitte sehr«, hauchte er.
Eiko streckte die Hand, die sie sich an die Brust gehalten hatte, aus und zuckte zusammen, kaum dass ihre Fingerspitzen das Glas berührten.
Der bernsteinfarbene Drink war mit einem zu einer Mondsichel geschnittenen Stück Zitrone garniert … Verführt von deren zartem Duft, ergriff Eiko das Glas, setzte es an die Lippen und nippte. Ihr war, als nähme sie den Augenblick in sich auf. Nicht nur den Drink. Die Stille. Die Bar.
»Herrlich«, seufzte sie unwillkürlich, als ihr diese Nacht von Tokio durch die Kehle rann.

✦

Zur selben Zeit saßen Mitsuki und Koichi am Tresen des Bistros und aßen. Koichi war zum ersten Mal im *Drehkreuz,* Mitsuki zum zweiten.

»Und? Habe ich zu viel versprochen?« fragte sie, als käme sie bereits seit Jahren hierher, und beobachtete die Frauen in der Küche. Aus irgendeinem Grund fühlte sie sich hier pudelwohl. »Matsui-san hat es mir empfohlen.«

»Der Taxifahrer?« fragte Koichi, der meinte, den Namen in irgendeinem Zusammenhang schon einmal gehört zu haben.

»Genau. Von *Blackbird.* Dem Taxiunternehmen, das auf Nachtfahrten spezialisiert ist. Du glaubst gar nicht, wie oft der mir schon aus der Patsche geholfen hat! Aber dieses Bistro – das hat er mir verschwiegen, davon hat er mir erst kürzlich erzählt. Ist das nicht unglaublich?! Und weißt du, was noch unglaublicher ist? Mir verschweigt er es und Kanako-san erzählt er davon!«

»Scheinen sich prächtig zu verstehen, die zwei«, meldete sich Ayano hinter dem Tresen zu Wort, »waren gestern erst wieder da.«

»Kanako-san?« fragte Koichi. Mit dem Namen konnte er auf Anhieb nichts anfangen.

»Du weißt schon«, sagte Mitsuki und legte das Stück frittiertes Huhn zurück auf den Teller. »Die Frau aus dem Baum. Die mit den Biwas …«

»Ach so, *die* Kanako-san«, sagte Koichi und nickte zufrieden. »Die Biwa-Diebin …«

»Biwa-Diebin?« fragte diesmal Ayano.

»Das ist eine lange Geschichte«, erwiderte Mitsuki und biss in

ihr Huhn, »so haben die beiden sich jedenfalls kennengelernt … ein Herz und eine Seele, trotz des Altersunterschieds …«
»Über geklaute Biwas?«
»Beide haben jedenfalls jemanden gesucht«, fuhr Mitsuki fort und warf Ayano einen vielsagenden Blick zu. »Wieso und warum ist nicht so wichtig … und sind zufällig einem berühmten Detektiv begegnet …« sagte Mitsuki und warf Ayano erneut einen Blick zu. »Den wollten sie engagieren … und dann … wie ging es dann weiter?«
»Dann …« sagte Ayano, trocknete sich die Hände ab und senkte die Stimme, »ist folgendes passiert …«

✦

»Nein, nein«, widersprach Shuro sofort kopfschüttelnd. »Sie haben mich nicht engagiert.«
»Ach so?« fragte Ayano, die ihr Glück immer noch nicht fassen konnte, über den Tresen hinweg.
Shuro kam inzwischen regelmäßig ins *Drehkreuz,* vertilgte jedesmal genießerisch eine Portion Ham & Eggs und unterhielt sich mit Ayano. *Dass sie das noch einmal erleben würde!* Das hatte sie nur Matsui und Kanako zu verdanken. Was aus *deren* »Suche« wohl geworden war?
»Soviel ich weiß, sucht Herr Matsui die Frau, in die er sich verliebt hat, als sie in sein Taxi stieg – ich glaube, sie ähnelt seiner Ex-Freundin, auch wenn er das nicht zugibt. Die würde er jedenfalls gerne wiedersehen. Das hat er auch Kanako-san erzählt.«

»Verstehe«, erwiderte Shuro, aß zu Ende und schenkte sich Tee nach.

»Kanako-san dagegen sucht ihren Bruder, der vor, ich weiß nicht, zwölf Jahren, glaube ich, weggegangen und nicht mehr wiedergekommen ist. Den würde *sie* gerne wiedersehen. Deshalb verstehen sie sich so gut. Weil sie beide jemanden suchen.«

»Verstehe«, nickte Shuro, während er an seinem Tee nippte.

»Und daraus ist dann mehr geworden.«

»Mehr geworden?«

»Genau. Bei Matsui-san ist die Sache einfach. Dadurch, dass er Kanako kennengelernt hat, hat sich die Suche nach der ominösen Frau aus dem Taxi erledigt.«

»Ach so?!«

»Und was den Bruder von Kanako-san angeht, habe ich eine Vermutung.«

»Eine Vermutung?«

»Es könnte sein, dass ich weiß, wo er ist.«

»Wirklich?«

»Nun ja, um sicherzugehen, müsste ich mich einmal etwas ausführlicher mit ihr unterhalten. Bisher sind wir uns bloß zweimal begegnet, aber da sie mir erzählt hat, was sie beruflich macht, habe ich die Gelegenheit genutzt, ihr meine Hilfe anzubieten, wenn Sie mal Hilfe brauchte, ich sei Detektiv.«

»Ein wahrer Meisterdetektiv«, rutschte es Kisa heraus, die die Unterhaltung zwischen Ayano und Shuro heimlich verfolgt hatte. »Wie haben Sie gemerkt, dass sie Hilfe braucht?«

»Das habe ich nicht gemerkt. Das habe ich bloß vermutet,

nach allem, was ich hier und da so aufgeschnappt habe. Ihr Bruder ist schon seit zwölf Jahren weg …«

»Kennst du ihn?«

»Vielleicht. Es könnte sein, fällt mir gerade auf, dass ich das letzte Teil des Puzzles in meiner Jackentasche habe.«

✦

Hierfür brauchte man kein Meisterdetektiv zu sein, hierfür brauchte man bloß gute Intuition.

Vor etwa einem Jahr war Shuro zu einem Kino am Stadtrand gefahren, um sich einen Film anzusehen, in dem sein Vater mitgespielt hatte, und dort war er einem jungen, *nein,* vermeintlich jungen Mann – tatsächlich war er schon sechsunddreißig Jahre alt – namens Ren Fuyuki begegnet, dem – wahrscheinlich jedenfalls – »gesuchten Bruder«.

Den würde ich auch gerne wiedersehen …

Murmelte nicht Kanako oder Matsui, sondern der Detektiv höchstpersönlich.

Er hatte nämlich erfahren, dass in eben jenem Kino wieder zwei – hochgradig unbedeutende – Filme gezeigt werden sollten, in denen sein Vater mitgespielt hatte. Die wollte er natürlich sehen, aber mehr noch interessierte ihn die Frage, ob das Programm auf Ren zurückging. Der arbeitete dort schließlich bloß als Aushilfe.

Zu seiner Überraschung stellte sich vor Ort allerdings heraus, dass Ren nicht mehr als Aushilfe arbeitete, sondern zum Direktor aufgestiegen war, zwangsläufig sozusagen, weil der vorherige Direktor es angesichts sinkender Besucherzahlen vorgezogen hatte, das Weite zu suchen. Wider Erwarten sei das Programm, das er, Ren, einfach mit Filmen bestückt hätte, die er selbst gerne sehen wollte, so gut angenommen worden, dass er das Kino habe halten können.

»Das hat dieses Double-Feature möglich gemacht«, schloss er seine Erklärung.

So sicher und souverän, wie er ist, kann ich es wohl riskieren, dachte Shuro.

»Heute bin ich übrigens nicht nur wegen der Filme mit meinem Vater gekommen, sondern weil ich Sie etwas fragen wollte. Im Zusammenhang mit Ihrer Schwester ...«

»Mit meiner Schwester?«

»Ja, Kanako Fuyuki. So heißt sie doch, oder?«

»So heißt sie. Was ist mit ihr?«

»Wenn sie lacht, bekommt sie rechts ein Grübchen auf der Wange?«

»Ja, das hatte sie schon als Kind.«

»Das habe ich mir gedacht. Nun, soweit ich weiß, arbeitet Ihre Schwester bei der Telefonseelsorge Tokio Null Drei, wo sie sich tagein tagaus um die Belange verschiedenster Menschen kümmert.«

»Ach so? Das wusste ich gar nicht.«

»Dabei hat sie selbst, wie sagt man so schön, etwas, an dem sie knabbert. Sie möchte nämlich ihren vor dreizehn Jahren verschwundenen Bruder wiedersehen.«

»Mich?«

»So ist es. Vielmehr, so war es. In letzter Zeit scheint dieser Wunsch etwas in den Hintergrund getreten zu sein, ob das bloß der Zeit geschuldet ist oder sich etwas an ihren Gefühlen geändert hat, weiß ich nicht, ich nehme jedenfalls an, dass sich in Bezug auf Sie eine gewisse Einsicht bei ihr eingestellt hat.«

»Bei meiner Schwester? In Bezug auf mich?«

»So ist es.«

»Meinen Sie wirklich?« fragte der inzwischen zum Direktor avancierte Ren, brach ab und versank in Schweigen. »Wie ...« presste er mit zusammengeschnürter Kehle heraus. »Wie schön und gleichzeitig traurig ...« Dann brach er wieder ab und schloss die Augen. »Mir fehlen die Worte«, sagte er und schüttelte leise den Kopf.

✦

Als Ayano zu Ende erzählt hatte, seufzte Koichi leise und legte die Stäbchen ab.

»Also Kanako-san weiß gar nicht, dass ihr Bruder dieses Kino leitet?«

Kaum hatte Ayano mit einem »So ist es« bejaht, musste Kanako in ihrer Wohnung, etwa acht Kilometer weiter, niesen.

›Ich muss in letzter Zeit dauernd niesen. Ob da jemand an mich denkt?‹ fiel ihr die unbedarfte Frage ein, die ihr ein Anrufer kürzlich gestellt hatte.

›Sie haben sich bestimmt nur erkältet‹, hatte sie erwidert,

dabei würde sie liebend gerne selbst jemanden fragen, woher dieser Glaube, dass jemand an einen denke, wenn man niese, eigentlich rühre.

»Auf geht's«, spornte sie ihr Spiegelbild an.

Heute hatte sie frei, und der Himmel war zu ihrem Glück so bewölkt, dass man den Mond nicht sah. Sie zog sich den frisch aus der Reinigung gekommenen Regenmantel über die schwarze Bluse und setzte eine ebenfalls schwarze Mütze auf.

Wie vor einem Jahr.

Sie schlug die Ärmel um und trat entschlossen aus der Tür.

Ein Jahr ist es her. Das heißt, vor einem Jahr hatte sie Matsui kennengelernt.

Was? Ist das schon so lange her? Die Zeit fliegt. Ging sie dieses Jahr etwa schon zum dreizehnten Mal Biwas klauen? Vielleicht sollte sie es langsam gut sein lassen ... Ja, so langsam könnte sie es gut sein lassen. Das Auf-den-Baum-Kraxeln wurde mit den Jahren auch nicht einfacher ...

Kanako ließ die Wohnung hinter sich und ging schnurstracks zur Busstraße hinunter.

Der ohne Mond und Sterne bedrückend einsamen Nacht zum Trotz überquerte sie beschwingten Schrittes die Kreuzung und sah zu dem von der Straßenlaterne erhellten Baum auf.

»Na also«, sagte sie, ein Büschel gelber Früchte im Blick.

Pflanzen sind wirklich bewundernswert. Jahr für Jahr tragen sie im wahrsten Sinne des Wortes Früchte.

Kaum wollte sie sich mit einem »Auf geht's« in Bewegung setzen, als das gelbe Büschel plötzlich hinter etwas Schwarzem verschwand.

Was war das?

Irgendetwas Schwarzes – *eine Krähe vielleicht?* – hatte sich die Biwas geschnappt.

Moment! So große Krähen gibt's doch gar nicht.

»Hallo?« fragte sie.

»Huch«, erwiderte ein Mann, *keine Krähe,* dessen Stimme sie nur allzugut kannte.

»Was machst du da?« fragte Kanako, den Blick nach oben gerichtet.

»Biwas klauen«, antwortete ihr Bruder.

✦

Was sich zur selben Zeit acht Kilometer weiter zutrug, wusste Mitsuki noch nicht.

Sie würde es erst bei einem ihrer folgenden Besuche im *Drehkreuz* erfahren.

Bei allen geht es irgendwie voran, würde sie dann müde lächeln, *nur bei mir nicht.*

Bei mir ändert sich nichts. Macht nicht einmal Anstalten, sich zu ändern. Ich muss die Gelegenheit verpasst haben … Wie immer.

Für Mitsuki steckte in »wie immer« zweierlei. Zum einen die Erleichterung, dass alles beim Alten war, und zum anderen die Unzufriedenheit, dass sich nichts, aber auch rein gar nichts in ihrem Leben tat.

»Auf Wiedersehen«, verabschiedete sie sich und trat mit Koichi auf die Straße hinaus. Schweigend sahen sie einen Moment zum stern- und mondlosen Himmel auf.

»Wohin?« fragte Koichi nach einer Weile und schloss die Augen, als wolle er den Wind lesen.
»Egal«, antwortete Mitsuki leise.
Koichi hatte ihr die Verzagtheit vielleicht angehört, im nächsten Moment stimmte er jedenfalls lauthals ein komisches Liedchen an.
»Was ist das denn für ein Lied?«
›Hm‹, dachte sie, während sie dem offenbar frei erfundenen Liedchen zuhörte, ›singen hören hab ich ihn, glaub ich, noch nie!‹
Guten Morgen, Tokio. Bald ist die Nacht vorbei.
Schien er zu singen.
»Was ist das für ein Lied?«
»Das singe ich manchmal, wenn ich Zeitungen austrage ...«
»Schon, aber was soll das?«
Doch Koichi ließ sich nicht beirren. Mitsuki konnte so oft fragen, wie sie wollte, er sang einfach weiter. Irgendwann stimmte sie schließlich ein.
Nun sangen sie zu zweit und machten sich auf den Weg.

✦

Guten Morgen, Tokio. Bald ist die Nacht vorbei.
Doch auf den Morgen folgt ein Mittag, folgt ein Abend, folgt eine Nacht. Der Mond taucht das Bistro, die Bar, das Geschäft für Gebrauchtwerkzeug, die Produktionsfirma und die Seelsorge in sein fahles Licht.

Auf der Rückbank von Matsuis nachthimmelblauem Taxi sitzt Mitsuki und grummelt wie immer leise vor sich hin. »Nie im Leben! Wo soll ich um diese Zeit eine Schafschere herkriegen?!«

»Noch ist es zum Aufgeben zu früh«, versucht Matsui sie zu beschwichtigen, aber vergebens.

»Nein, eine Schafschere finde ich nie im Leben!«

»Doch doch, keine Sorge«, hält Matsui dagegen. »Bisher haben Sie noch alles gefunden. Wie wäre es mit dem seltsamen Werkzeugladen? Wollen wir es da versuchen? Was meinen Sie?« fragt er und wirft einen Blick in den Rückspiegel. Mitsuki spielt an ihrem Ring herum. An dem Ring, der sich nicht mehr abziehen lässt. Sie streicht mit dem Zeigefinger über die silbrige Oberfläche.

»Huch«, sagt sie. Matsui kneift die Augen zusammen, um besser sehen zu können.

Betroffen starrt Mitsuki auf ihre Hand.

Matsui vergewissert sich, dass hinter ihnen kein Auto fährt, und sieht wieder in den Rückspiegel.

»Er geht ab ...« murmelt Mitsuki, den im Licht der Straßenlaternen schimmernden Ring halb über den Finger gezogen.

»Jetzt ist er ab«, stellt sie fest, nur um ihn nach einem winzigen Moment wieder da anzustecken, wo er gewesen war. An ihrem Ringfinger.

ATSUHIRO YOSHIDA, geboren 1962 in Tokio, ist Schriftsteller und preisgekrönter Coverdesigner, der in seinen Büchern mit leichter Hand den kleinen Dingen nachspürt, die das Leben lebenswert machen und die zu suchen sich in jedem Fall lohnt.

KATJA BUSSON, geboren 1970, studierte Japanologie und Anglistik in Trier und Tokio. Sie übersetzte unter anderem Mieko Kawakami und Ko Machida.